KÖNIGLICH VERDORBEN

LEE SAVINO

KÖNIGLICH VERDORBEN

Milliardär. Playboy. Prinz. Und mein neuer Boss.

Theo Kensington ist der begehrteste Junggeselle der ganzen Welt – und gleichzeitig der untauglichste. Er ist der Erbe des Kensington-Vermögens und Sohn einer lang verschollenen schwedischen Prinzessin. Ja, richtig: Dieser große, dunkle, tätowierte Hengst ist tatsächlich ein Prinz! Allerdings hat er auch schon in einem Sexvideo mitgespielt … oder vielleicht auch in drei.

Die Königin tut gerne so, als würde Theo nicht existieren. Und der Vorstand von Kensington will ihn loswerden – dringend!

Hier komme ich ins Spiel: Vesper Smith, Medienberaterin. Mein Spitzname in der Branche lautet *Fixer*, denn ich ‚repariere‘ Dinge. Ich habe vier Tage, um diesem bösen Jungen Benehmen beizubringen, sein Image aufzupolieren und sein Verhalten zu ändern.

Leider ist dieser Playboy-Prinz mehr daran interessiert, Mist zu bauen. Und wenn ich nicht aufpasse, wird es einen neuen Co-Star in seinem nächsten Skandal geben: mich!

"*E*r hat einen Schwanz so groß wie das Empire State Building – und ein entsprechendes Ego", sagt die Blondine auf dem Bildschirm mit einer perfekt gewölbten Augenbraue. Die Klatschreporterin ihr gegenüber nickt.

Ich drücke auf Pause, und das Video stoppt in dem Moment, als sich die Blondine nach vorne beugt, um ein weiteres schlüpfriges Geheimnis über Theodore Kensingtons Schwanz zu verraten. Ihre Brüste sehen aus, als würden sie aus ihrer glänzenden rosa Bluse herausspringen.

"Da hat jemand schon einen grandiosen Buchvertrag ergattert", murmele ich der eingefrorenen Blondine auf meinem Handy-Display zu. "Auf den Spruch bist du auf keinen Fall von alleine gekommen."

Ich drücke wieder auf Play und mache mich auf mehr Drama gefasst. Ich bewege mich, um das Zwicken meiner hohen Absätze zu lindern. Diese schicke Marmorveranda ist für meine Füße nicht gerade eine Wohltat. Ich bin seit fünf Uhr morgens auf den Beinen, um mich anzuziehen, aus dem Hotel auszuchecken und ein Taxi zu diesem modernen Palast nördlich von New York City zu nehmen. Der Fahrer war gerade durch die opulenten Tore gefahren, als mein Google-Feed durchzudrehen begann. Ich richte immer einen News Alert ein, damit ich auf dem Laufenden bleibe, wenn die Medien etwas Neues über meine PR-Kunden veröffentlichen.

"Theo Kensingtons Leben ist gesäumt mit einer langen Liste von Exfreundinnen und hinterlässt eine Spur von gebrochenen Herzen. Er ist der Sohn einer schwedischen Prinzessin und eines amerikanischen Geschäftsmannes. Er ist der Erbe des Kensington-Vermögens. Allein Kensington Inc. wird auf vierhundert Milliarden Dollar geschätzt."

"Er hat unglaubliche ... Vorzüge", gackert die Blondine.

"Er ist eigentlich ein Prinz, richtig?"

"Das ist richtig. Aber er redet nicht gern darüber. Prinz oder nicht, das spielt keine Rolle. Im Schlafzimmer ist er ein Gott."

Ich halte das Video erneut an. Die Blondine auf dem Bildschirm ist nicht die Erste, die Theo Kensington einen Gott nennt. Letztes Jahr twitterte ein beliebter Hollywood-Liebling: "Prince in the streets, god in the sheets", begleitet von einem Bild des ‚Gottes‘ in ihrem Schlafzimmer. Ein sehr nackter Gott. Der Tweet wurde gelöscht, aber erst nachdem er siebentausend Likes und Retweets bekommen hatte.

Und jetzt ist er wieder in den Medien. Prinz oder Gott, er ist mein neuer PR-Albtraum.

Ich greife nach meinem Telefon und klingele erneut, aber es überrascht mich nicht, dass niemand da ist, um mich zu begrüßen. Mr. Kensingtons Mitarbeiter sehen wahrscheinlich die gleichen Medienkanäle wie ich.

Ein Schatten taucht hinter den Glasfenstern auf, die sich auf beiden Seiten der Tür befinden, dann klickt das Schloss auf. Ein Bär von einem Mann mit rasiertem Kopf und Muskeln, die sein Hemd beinahe zerreißen, steht in der Tür.

Mr. Evans, Sicherheitschef von Theodore Kensington.

"Haben Sie es gesehen?", fragt Evans ohne Umschweife. "Das Sex-Tape?"

"Ja, ich habe mir gerade das Interview angeschaut ..." Ich wiederhole im Geiste kurz seine Worte. "Warten Sie, es gibt ein zweites Sex-Tape? Noch eins?"

"Gerade heute Morgen aufgetaucht."

Mist. Ich fummele an meinem Telefon herum. "Ich dachte, Sie beziehen sich auf das Letzte, das mit dem Pornostar." Ich zermartere mir das Hirn nach dem Namen der Blondine aus dem Interview. "Pepper irgendwas."

"Pepper Spice. Und nein. Das ist jemand Neues. Eine Rothaarige. Zumindest glaube ich, dass sie das ist. Im Video ist sie nicht so deutlich zu erkennen. Mr. Kensington hingegen ..."

"Scheiße." Dieses Mal sage ich es laut.

"Genau", antwortet Evans mit grimmiger Miene. Er beugt sich hinunter und hebt meinen Koffer auf. "Normalerweise würde ich Sie sich erst einrichten lassen, aber -"

"Wir müssen die Sache vorantreiben", unterbreche ich. "Wo ist -"

Ein Maserati in Knallorange röhrt die Auffahrt herunter. Mit voll aufgedrehtem Bass rast er um den Brunnen, begleitet von den Klängen von *Metallica* und Freuden-schreien. Die Luft zittert, als der Wagen zum Stehen kommt.

Drei Damen stolpern lachend aus dem Cabrio. Glattes Haar, riesige Brüste und winzige Handtaschen. Sie schauen uns kaum an, als sie den gepflegten Weg zum Pool nehmen.

Ein dunkelhaariger Mann steigt aus dem Auto aus, aus der Stereoanlage dröhnt immer noch Heavy Metal. Er macht sich nicht die Mühe, das Auto zu parken oder die Tür zu schließen, bevor er Evans die Schlüssel zuwirft, der sie mit einem leeren Blick auffängt.

"Parken Sie es hinten für mich, Evans? Danke, Mann", sagt der Neuankömmling und dreht sich mit einem Grinsen im

Gesicht zu mir um. Ich erkenne ihn sofort - das umwerfende, gebräunte Gesicht aus der Boulevardzeitung von heute Morgen.

Theo Kensington. Milliardär. Playboy. Prinz.

Mein neuer Chef.

KAPITEL 2

Er trägt kein Hemd. Er. Trägt. Kein. Hemd. Wer fährt an einem Mittwochmorgen ohne Hemd durch die Gegend?

Prinz Theo - er macht es.

Er schlendert näher, die Brustmuskeln spannen sich an. Seine Muskeln sind nicht das Einzige an ihm, was ansehnlich ist. Er vereint das Beste seiner skandinavischen Mutter und seines markanten Vaters, er hat den perfekten Knochenbau und bronzefarbene Haut. Kräftige Augenbrauen über blauen Augen mit dem perfekten Schlafzimmerblick. Schwarze Wimpern, lang und dicht genug, um jede Frau eifersüchtig zu machen. Es gibt kein Adjektiv, das gut genug ist, um einen so attraktiven Mann wie ihn zu beschreiben. Selbst die Tattoos, die seinen Oberkörper hinauf- und hinunterschlängeln und den größten Teil seines rechten Arms bedecken, schmälern seine Schönheit nicht. Ein Panther-Tattoo schlängelt sich an seiner Hüfte entlang und verschwindet im Hosenbund.

"Hey, Babe", begrüßt mich Theo mit einem Lächeln, das alle Höschen in der Umgebung zum Schmelzen bringen soll.

Oder vielleicht nur meins. Ich bin mir ziemlich sicher, dass Theos Begleiterinnen keine tragen.

Mein Blick fällt auf die geschmeidige V-Form seiner Muskeln, die in seinen Unterkörper gemeißelt sind und direkt in seinen seinen Lenden münden. Meine Weiblichkeit erwacht zu Leben und brüllt wie der Motor des Maserati. Ein sanftes, geschmeidiges Schnurren, genau zwischen meinen Schenkeln.

Scheiße! Zehn Minuten im Job und ich mache meinem Boss schon schöne Augen. Egal, er ist der begehrteste Junggeselle an der Ostküste ... eigentlich der ganzen Welt. Theo Kensington ist kein Typ, den man mit nach Hause zu seinen Eltern nimmt. Er ist der Typ, mit dem du ins Bett gehst und danach mit deinen Freundinnen in leisem, ehrfürchtigem Ton über ihn als den Fick deines Lebens tratschst.

Oder man macht es wie ein wasserstoffblondes Flittchen mit einem Buchvertrag in den heutigen Unterhaltungsnachrichten, und posaunt es der ganzen verdammten Welt heraus.

"Mr. Kensington." Ich strecke meine Hand aus. Er ignoriert sie und rückt näher. Ich trage meine höchsten, professionellsten Pumps, und Theo überragt mich immer noch. Er hat eine Intensität an sich, eine hungrige Energie, eine Art mächtiges Kraftfeld, das mir die Unterhose herunterziehen würde, wenn sie nicht schon geschmolzen wäre.

Kein Wunder, dass all diese Frauen mit ihm ins Bett gehen. Kein Wunder, dass Prominente in seinen privaten Sexvideos mitspielen.

Kein Wunder, dass der Vorstand der Firma seines Vaters ihn loswerden will.

"Ich bin Vesper Smith", ich ziehe meine Hand zurück, denn er ist zu sehr damit beschäftigt, mich mit seinen Augen zu entkleiden, statt sie zu schütteln. "Ihre neue Medienberaterin."

"Schön", sagt er gelassen zu meinen Brüsten. "Ich freue mich schon darauf, dass du unter mir arbeitest."

Ich versteife mich. Ich weiß, dass ich gut aussehe. Ich trage einen grauen Business-Anzug, der meine Augen betont, selbst hinter einer schwarz gerahmten Brille. Meine Absätze lassen meine Beine umwerfend aussehen und verleihen mir ein paar Zentimeter mehr an Größe. Ich sehe gut aus, jedoch keinesfalls nuttig, und doch schaut mich mein neuer Chef an, als wäre ich ein Pin-up-Model und er würde mich am liebsten auf der Motorhaube seines Autos nageln.

Mein Herz sinkt ein wenig. Er ist wirklich ein Schürzenjäger.

Ich schiebe mir die Brille auf die Nase. "Mr. Kensington", beginne ich mit meiner strengsten Stimme. "Sie haben sich einen gewissen Ruf erarbeitet. Wenn Sie nicht aufpassen ..."

Theo unterbricht. "Wo hast du die denn ausgegraben, Evans?"

Die Musik stoppt, als Evans den Schlüssel im Maserati umdreht. "Sie wurde uns wärmstens empfohlen, Mr. Kensington."

"Super. Willst du, dass ich die Damen zurückhole?" Er zeigt mit dem Daumen in eine Richtung, und mir wird klar, dass er die drei Frauen meint, die gerade aus dem Auto gestiegen sind. "Wir können hier ein Fotoshooting machen. Etwas für dich, das du auf Instagram veröffentlichen kannst."

Er denkt, ich würde seinen Instagram-Account verwalten. "Eigentlich haben wir dringendere Angelegenheiten zu erledigen. Wir müssen ein Statement vorbereiten, unsere Seite der Geschichte erzählen. Pepper Spice hat bereits eine Medientour ..." Ich stoppe, als er abwinkt.

"Langweilig. Du bist heiß, aber du redest wie die Freunde meines Vaters."

"Das sind auch diejenigen, die sie eingestellt haben", erklärt ihm Evans. "Sie sind besorgt, dass, wenn der Vorstand das nächste Mal zusammentrifft, die Abstimmung nicht zu Ihren Gunsten ausfallen wird."

Theo zuckt mit den Schultern.

Ich runzele die Stirn. "Sie verlieren Ihren Sitz im Vorstand eines milliardenschweren Unternehmens, und Sie werden nicht einmal ..."

"Ich muss an den Pool", unterbricht Theo. "Da warten ein paar Freunde auf mich." Er mustert mich von oben bis unten, und wieder spüre ich dieses Kraftfeld, das mich vorwärts zieht, meinen Verstand vernebelt, mich dazu bringt, mich ausziehen zu wollen und schlechte Entscheidungen zu treffen. "Du kannst dich mir gerne anschließen ... wenn du einen Bikini trägst." Mit einem Zwinkern schreitet er davon.

Ich drehe auf dem Absatz um und sehe Evans an. "Zeigen Sie mir das Sexvideo. Dann gehe ich runter zum Pool. Mr. Kensington und ich werden uns ein wenig unterhalten."

* * *

EVANS FÜHRT mich durch die weiten Hallen des Herrenhauses, vorbei an riesigen Gemälden von Landschaften und Schiffswracks und Bacchus, der eine Gruppe von Nymphen und Satyrn zu einer betrunkenen Orgie auf einer Weide anführt. Es gibt auch ein paar Statuen, darunter eine Darstellung der Venus de Milo aus rosa Marmor.

"Wer hat diesen Ort dekoriert?", frage ich.

"Der verstorbene Mr. Kensington engagierte einen Sammler, der diese Stücke auswählte."

Ich schleiche auf Zehenspitzen an der nackten Gestalt vorbei. "Theodore Kensingtons Vater war Türke, richtig? Ein Einwanderer?" Diese Information musste ich erst suchen. Mr. Kensington der Ältere wollte nicht, dass sein Immigrantenstatus bekannt wird.

"Einwanderer, der zum milliardenschweren Tycoon wurde", bestätigt Evans. "Der sich in eine Prinzessin verliebt hat."

"Kensington hört sich nicht sehr türkisch an."

"Er hat seinen Nachnamen geändert, als er die Staatsbürgerschaft erhielt."

"Wie Donald Trumps Großvater, der den Familiennamen von Drumpf in etwas Marktgängigeres geändert hat."

"Exakt." Mir entgeht Evans' trockener Ton nicht, als er in einen kleinen, dunklen Raum einbiegt. Leere Kaffeetassen stehen auf dem Schreibtisch unter den vielen montierten Bildschirmen. Ein paar Sicherheitsbeamte nicken, als Evans mich vorstellt.

"Sie sind also der *Fixer*", sagt einer. "Werden Sie es in Ordnung bringen können?" Der Wachmann zeigt auf den Bildschirm, auf dem Theo sich streckt und auf einem Sprungbrett vor einem Publikum aus in Bikini bekleideten Frauen posiert. Eine ist bereits oben ohne. Der zweite Wachmann hat die Kamera auf sie gezoomt.

"Ich werde mein Bestes tun", entgegne ich, als Evans mir einen Laptop reicht. Er führt mich in eine ruhige Ecke und gibt mir Kopfhörer. Ich ziehe meine Anzugjacke aus und drücke auf Play. Während auf dem großen Bildschirm Theos muskulöser Körper mit gutaussehenden Frauen in Bikinis herumtollt, konzentriere ich mich auf die ähnlich auftretenden, schemenhaften Figuren auf dem kleinen Bildschirm auf meinem Schoß. Ich fühle mich, als hätte ich meine eigene private Peepshow.

Business as usual.

Ich weiß nicht, wie ich zur Weltexpertin für die Behebung von Sexskandalen geworden bin, aber nach fünf aufeinanderfolgenden Fällen - drei Sportstars, die der sexuellen Belästigung beschuldigt wurden, ein flirtwütiger

Senator und ein Startup-CEO, der eine Woche vor dem Börsengang seiner Firma auf einer wilden Party seine Hosen heruntergelassen hatte - habe ich den Ruf weg. *Vesper Smith macht die bösen Jungs wieder gut.* Diese Schlagzeile stand letzten Monat auf der HuffPost.

Ja, ich lese meine eigene Presse.

Ich muss sagen, von allen Sex-Tapes, die ich gesehen habe, ist das von Theo Kensington das beste. Er hat einen schönen, muskulösen Rücken, der sich zusammen mit den Hinterbacken im Takt seiner Stöße anspannt. Sein Kiefer krampft sich zusammen und seine Augen bohren sich in den Spiegel über dem Bett. Es wirkt fast so, als würde er mich anstarren.

Dann holt er ihn raus und ich kann ihn gut sehen. Die ganzen fünfundzwanzig Zentimeter.

Das Band endet. Ich sehe es mir noch einmal an und spüre jeden Stoß tief in meinem Schoß.

"Und was machen wir jetzt?", fragt Evans, als das Grunzen und Quietschen auf dem Bildschirm zum zweiten Mal verstummt ist.

Ich atme aus und hoffe, dass niemand bemerkt, dass meine Brustwarzen unter der Bluse hart sind.

"Es ist schlimm, nicht wahr?", fragt Evans.

"Es ist schlimm, aber nicht unmöglich. Wir müssen den Medien eine neue Story präsentieren: ‚Der Playboy-Prinz hat seine Bestimmung gefunden.'" Ich hebe meine Hände und male Anführungszeichen in die Luft. "Er hat sich die Hörner abgestoßen, aber er ist bereit, weiterzumachen. Jungs verhalten sich eben wie Jungs, auf der ganzen Linie. Es ist vielleicht ein bisschen sexistisch, aber die Medien kaufen es uns ab. Ein Jahr, in dem er sich wie ein Mönch verhält, Wohltätigkeitsarbeit leistet und vor allem nicht in den Skandalblättern auftaucht, wird ihm guttun. Er wird seine Hose anbehalten müssen." Ich richte meine Brille und sehe zu

Evans auf. Er hat die Arme vor seiner kräftigen Brust verschränkt und sieht skeptisch aus. "Es wird schon klappen. Ich weiß, was ich tue."

"Ich weiß", sagte Evans. "Deshalb haben wir Sie angeheuert."

"Okay, also fangen wir an, Veranstaltungen zu planen. Zuerst eine öffentliche Entschuldigung. Dann ein paar Spenden für wohltätige Zwecke, ein paar Auftritte bei gesellschaftlichen Anlässen." Ich nicke. Es entfaltet sich alles in meinem Kopf: Theo brav und sauber, die Tattoos sicher unter einem Anzug versteckt. Ich kenne dieses Drehbuch, das die bösen Jungs erlöst. Ich mach das schon.

"Klingt fabelhaft", sagt Evans. "Es ist genau das, was er braucht. Aber es wird nicht funktionieren."

"Wo liegt das Problem?"

"Wir haben kein Jahr."

"Hmmm", ich tippe mit einem Stift gegen meine Lippen. "Wir können mit einem kürzeren Zeitplan arbeiten."

"Wir haben eine Woche."

"Eine *Woche*?"

"Ja, mehr ist nicht möglich, dann muss er sich dem Vorstand stellen. Dann entscheiden sie. Und das ist noch nicht alles." Er zögert. "Da ist noch die Sache mit der Königin. Es wird gemunkelt, dass sie sich endlich nach ihrem Enkel erkundigt, und was sie hört, gefällt ihr nicht."

"Die Königin? Wie in ‚die Königin von Schweden'?"

"Ja."

"Ich wusste gar nicht, dass Schweden noch eine Königin hat."

"Das Parlament dort hält die ganze Macht, ähnlich wie in England. Aber die Königin ist immer noch eine wichtige Figur. Und ihre Tochter war Mr. Kensingtons Mutter."

"Entfremdete Tochter", korrigiere ich. Wenigstens in diesem Punkt habe ich meine Hausaufgaben gemacht. "Sie ging mit zwanzig von zu Hause weg, besuchte die Universität in New York und brach das Studium ab. Sie verliebte sich in einen aufstrebenden Geschäftsmann. Soviel ich weiß, hatte Mr. Kensington damals nur fünf Hotels."

Evans nickt.

"Die Prinzessin wird schwanger, sie heiraten, die Königin findet es heraus und verstößt sie", hake ich den Rest der Geschichte ab.

"Nur um es zu bedauern, als ihre Tochter an Komplikationen bei der Geburt stirbt."

"Hinterlässt einen kleinen Sohn und einen Mogul mit gebrochenem Herzen." Ich schüttle den Kopf. "Das muss wehtun."

Evans schnaubt. "Wenn, dann hat die Königin es nicht gezeigt. Sie hat nicht einmal ihren Enkel kennengelernt."

"Ich habe nicht sie gemeint. Ich meinte Theo ... Mr. Kensington, den Jüngeren." Ich lehne mich langsam in meinem Stuhl zurück. Einzelkind, jetzt verwaist, von seiner königlichen Familie verstoßen. Von seinem rechtmäßigen ... Thron ferngehalten? Haben die noch Throne? "In Ordnung. Damit kann ich arbeiten." Im Geiste blättere ich durch meine Kontakte. Ich kann das tun. Gefallen einfordern. Fotoshootings planen. "Ich schaffe es in einer Woche."

"Es gibt allerdings immer noch ein Problem", sagt Evans. "Er wird es nicht tun."

Mir dreht sich immer noch der Kopf bei dem Gedanken, einen tätowierten, stinkreichen Bad Boy über Nacht in ein höfliches Mitglied der feinen Gesellschaft mit der Unschuld eines Chorknaben zu verwandeln. "Er wird was nicht tun?"

"Alles davon. Die Entschuldigung, die Wohltätigkeitsauftritte." Evans schüttelt den Kopf. "Mr. Kensington will seine Sache nicht in Ordnung bringen. Ein paar der Vorstandsmitglieder waren Freunde seines Vaters. Sie haben Sie angeheuert, um seinen Ruf zu retten, damit sie ihm eine letzte Chance geben können. Aber das ist ihm egal."

"Dann braucht er einen Therapeuten, keinen Fixer", entgegne ich scharf.

Evans zuckt mit den Schultern. "Für das Geld, das wir Ihnen zahlen, können Sie beides sein."

uf dem Weg zum Pool verziehe ich mein Gesicht zu einem strengen Ausdruck, wie ich ihn oft bei Ms. Mavery, der Bibliothekarin an meiner Highschool, gesehen habe. Ich habe herausgefunden, dass er sowohl bei aufdringlichen Jungs als auch bei ungehorsamen Kunden funktioniert. Kombiniert mit meinem Business-Anzug und meiner unerschütterlichen Haltung werde ich nicht zu stoppen sein.

Das hoffe ich zumindest.

Ich folge dem Klang von Classic Rock zum Pool. Mein ausgefeilter Auftritt wird etwas ausgebremst, als ich mit meinem Absatz in einem Riss im Boden hängenbleibe. Als ich mich befreie, starrt mich die ganze Partygesellschaft an - eine Handvoll Männer und doppelt so viele Frauen. Und Theo, der immer noch kein Hemd trägt.

"Du bist gefeuert", schreit er, als ich näherkomme. Die Damen um ihn herum brechen in Gelächter aus.

Ich gehe weiter die Marmorstufen hinunter, vorbei an Statuen von tollenden Nymphen. Ich erkenne hier langsam ein Muster. Vielleicht hat das Leben inmitten all dieser lasziven Kunst Theodore Kensington unbewusst dazu gebracht, ein moderner Bacchus zu sein. Ich lächle vor mich hin. "Kunst und die Playboy-Psyche" wäre eine tolle Abschlussarbeit. Ms. Mavery würde es lieben.

"Ich sagte, du bist gefeuert", wiederholt er und seine Stimme nimmt einen ernsten Klang an. Das ist nicht nur Theo, der böse Junge, der mit der Menge spielt. Das ist Theodore Kensington, der mich testet, um zu sehen, was ich tun werde. Ob ich für mich selbst eintreten kann.

"Du kannst mich nicht feuern." Ich bleibe vor seiner Pool-Liege stehen. "Ich repräsentiere nicht dich. Ich repräsentiere deinen Schwanz." Ich zeige auf seine Schwimmshorts. Zum Glück hat er Shorts an. Sonst wäre das hier eine halbe Orgie. Ich glaube nicht, dass Mr. Evans das gefallen würde.

"Mein Schwanz kann für sich selbst sprechen", sagt Theo und löst damit eine weitere Runde Kichern aus.

"Natürlich kann er das. Das ist dein Problem. Dein Schwanz bekommt begeisterte Kritiken in den Unterhaltungsnachrichten. Anscheinend hat er gerade die Vorstellung seines Lebens abgeliefert. Du bist ein erwachsener Mann", ich vermittele hier totale Miss-Mavery-Schwingungen, "der mit heruntergelassenen Hosen und mehr als nur der Hand in der Keksdose erwischt wurde."

Theo trägt ein halbes Lächeln auf den Lippen. Hinter seinem Model-Look verbirgt sich ein Hauch von Intelligenz. *Gott sei Dank. Gib mir etwas, womit ich arbeiten kann.* "Ich habe also ein PR-Problem."

"Mr. Kensington, Sie sind das PR-Problem." *Sie und Ihr Harem.* Außer den drei Frauen, die ich heute Morgen aus dem Auto klettern sah, gibt es noch vier weitere, alle in den winzigsten Bikinis, die je erfunden wurden. Sie könnten genauso gut dicke Schnüre tragen. Und Stöckelschuhe. Wer trägt High Heels zu einem Bikini?

Theo wendet den Kopf zur Seite. "Wie heißt du noch mal?"

"Vesper Smith. Freunde Ihres Vaters haben mich engagiert, um Ihr Image aufzupolieren."

"Mir gefällt mein Image sehr gut. Weißt du, wie man mich nennt?"

Ich verschränke die Arme, um deutlich zu machen, dass ich es nicht sagen werde.

"Der Gott des Ficks", sagt er. Die Damen kichern, aber er spielt nicht mehr mit seinem Publikum. Ich habe ihn verärgert. Diese Show ist für mich. "Weißt du, warum?"

"Es ist ein Wortspiel mit deinem Namen. 'Theo', ist die griechische Abkürzung für 'Gottheit'." *Danke, Ms. Mavery.*

Theo blinzelt.

Der Typ neben ihm bricht in Gelächter aus. "Theo, deine neue PR-Frau ist ein Nerd."

"Ich trinke einen Martini", eine der Damen hält ihr Glas hoch, "können Sie mir das griechische Wort dafür sagen?"

Ich schüttele den Kopf. Theos Groupies lachen und kreischen, aber er studiert mich nur schweigend.

"Wie viel Griechisch kannst du denn?", fragt mich ein Surfertyp.

"Was kümmert dich das?", schnauzt ihn eine Frau an mit feuerwehrroten Nägeln, Haaren und einem passenden Bikini.

"Du weißt, was griechischer Sex ist, oder?", flüstert er in Reds Ohr, und sie gackert.

Ich schüttele angewidert den Kopf.

"Auf keinen Fall!" Red zeigt auf mich. "Sie wird rot wie eine Jungfrau."

"Scheiße", sagt der erste Typ. "Ein Nerd und eine Jungfrau. Ich kenne jemanden, der dir bei deinem Jungfrauen-Problem helfen kann." Er klopft Theo auf den Rücken.

"Lasst es gut sein, Leute", befiehlt er, bevor er dicht an mich herantritt. Ganz, ganz nah an mich heran.

Mein Kopf neigt sich nach oben, um ihm in die Augen zu sehen. Ich zwinge mich, nicht zurückzuweichen.

"Deine Freunde sind Idioten", sage ich ihm.

"Hör nicht auf sie. Die haben nur noch nie eine so schöne Medienberaterin gesehen wie dich."

"Ich werde nicht mit dir schlafen", antworte ich ihm. "Versuche erst gar nicht, mir zu schmeicheln."

"Mir scheint, die Dame protestiert zu viel", sagt er, und ich muss blinzeln. "Ich glaube, du magst es. Ich glaube, du willst, dass ich dir schmeichle."

Ich schiebe meine Brille die Nase hoch; mehr, um Platz zwischen mich und ihn zu bringen, als um meine Brille zurechtzurücken. Meine Hand streift fast seinen tätowierten Brustkorb. Ich frage mich, ob er mein Herzklopfen hört.

"Du bist ein wenig verklemmt, Vesper Smith. Vielleicht hat mein Freund recht. Du brauchst eine kleine Theo-Therapie. Ich sag dir was." Er lehnt sich nahe heran, seine Lippen streifen mein Ohr. "Du reparierst mein Image, und ich löse dein jungfräuliches Problem."

"Das wird nicht nötig sein", empöre ich mich. Er bricht in Gelächter aus.

"Ich mache nur Spaß. Ich ficke keine Jungfrauen."

‚Ich bin gar keine Jungfrau' zu schreien, bringt mir nichts, also drehe ich mich auf dem Absatz um und gehe.

Meine Wangen sind heiß. Vergiss die Hänseleien. Die sexuelle Anziehungskraft zwischen Theo und mir ist so groß, dass allein der Augensex ausreicht, um mich zu schwängern.

Bei den Göttern lief das doch so, oder? Zack! Schwanger. Na ja, das wäre doch mal eine Geschichte zum Weiterspinnen. Mr. Evans würde es mir zwar nicht abkaufen, aber jede Frau, die von dieser unbändigen Attraktivität angezogen wurde, würde es verstehen.

Ich starre die nackten Statuen der griechischen Götter an,

während ich vorbeimarschiere. Evans trifft mich an der Tür des Herrenhauses.

"Wir haben ein Problem", sagt er. "Ich habe gerade mit Schweden telefoniert."

"Hat die Königin die Nachrichten gesehen?"

"Ja. Sie ist endlich bereit, ihren Enkelsohn anzuerkennen."

"Es ist fast dreißig Jahre her. Warum jetzt?"

"Ich glaube, sie will endlich Wiedergutmachung leisten. Sie hat das Verbot für ihre verstorbene Tochter aufgehoben."

"Ein bisschen spät dafür." Armer Theo, seine Mutter bei der Geburt zu verlieren und die Hauptlast ihrer Sünden zu tragen.

"Es ist mehr eine Formalität, um die Erbfolge zu ändern."

"Was?"

"Ihr Sohn ist krank. Er und seine Frau haben keine Kinder. Wenn er stirbt ..."

"Theo ist der nächste in der Reihenfolge." Mir ist schwindlig. "Das ist also der wahre Grund, warum sie Kontakt aufgenommen hat."

"Sie hat ihn zu einer Audienz in ihrem Privathaus eingeladen. Freitag."

"Diesen Freitag?"

"Ja, in der Tat. Die Königin will ihn in vier Tagen sehen."

"UND, WIE LÄUFT'S?" zwitschert meine Freundin. Ich zucke zusammen und halte das Handy an mein anderes Ohr.

Ich sollte meine Medienkontakte durchforsten, Gefallen einfordern und googeln, was ich zu einer Audienz bei der schwedischen Königin anziehen soll, aber zwischen Evans' Geschrei, jede Frau zu verklagen, mit der sein Chef je geschlafen hat und Theos Heavy-Metal-Rockfest in seinem Garten, habe ich Kopfschmerzen bekommen.

Ich schaue missmutig auf meinen Koffer. Da ist irgendwo eine Flasche Aspirin drin.

"Hallo? V?"

"Eine Sekunde, Mina."

"Du rufst mich an und legst mich dann in die Warteschleife?", lacht sie.

"Nein, tut mir leid. Ich musste nur etwas finden." Ich ziehe die Flasche mit den Schmerzmitteln aus einem Geheimfach und schraube sie auf. Schlucke zwei hinunter und spüle mit Wasser nach. Ich wünschte, es wären Wodka und Valium. "Okay, fertig. Wie lautete die Frage?"

"Erster Tag im Job? Wie läuft's?"

Mina ist meine beste Freundin und die einzige Person, die ich nicht anlüge. "Ich will sofort hinschmeißen."

"Er ist dein Klient, richtig? Feuere ihn einfach."

"Ich wurde angeheuert, um einen Job zu erledigen. Ich werde ihn machen", sage ich und versuche, nicht mit den Zähnen zu knirschen. "Ich kündige nicht."

"Gut für dich. Also, wer ist dieser Typ noch mal? Was hat er gemacht?"

"Hast du schon von der Imperial-Hotelkette gehört?"

"Die schicken Hotels? Wie das Four Seasons?"

"Ganz genau. Der Vater meines Klienten begann mit einem Hotel und baute es von da an auf. Kensington Inc. macht jetzt viel mehr, sie besitzen andere Hotelketten und eine Fluggesellschaft -"

"Unterm Strich hat Daddys Junge also ordentlich Kohle."

"Und einige ordentliche Probleme."

"Wie heißt er?"

Ich seufze. "Theodore Kensington."

"Wirklich? Ich habe gerade etwas über ihn gesehen ..." Ich höre, wie sie auf ihren Computer tippt. "Oh, Mann. Oh, Mann." Sie kann sich das Lachen nicht verkneifen. Ich stelle mir vor, wie sie durch die Bilder von Theo scrollt. Ein paar

Fotos von ihm mit prominenten Freundinnen, einige auf dem roten Teppich, andere von Paparazzi aufgenommen. Die Kamera liebt Theo. Das strahlend weiße Lächeln inmitten der gebräunten Haut, die vielen Muskeln auf seiner nackten Brust am Strand ...

"Ja."

"Er ist sehr fotogen."

"Mmmhmmm." *Warte nur ab.*

"Oh wow. Oh, wow. Heiliger ..."

"Jepp. Das ist sein Schwanz."

"Sieht so aus, als hättest du hier ein großes Problem. Ein wirklich, wirklich großes ... Problem." Sie kichert.

"Ich weiß." Ich reibe mir die Stirn und wünschte, die Schmerzmittel würden wirken. "Ich hatte noch nie ein Sex-Tape eines Klienten, das an dem Tag veröffentlicht wurde, an dem ich anfing, für ihn zu arbeiten."

"Aww, Vesper, du kannst sie dir aussuchen. Also, was wirst du tun?"

"Zuerst muss ich ihn davon überzeugen, sein Verhalten zu ändern. Er ist nicht daran interessiert, etwas anderes als ein böser Junge zu sein."

"Und? Genau die magst du doch so sehr."

"Nicht dieses ‚böse‘." Ich erzähle ihr von seinem Arsch-lochverhalten am Pool.

"Hui", flötet sie. "Er ist wie ein Junge in der Grundschule, der mit Steinen nach dem Mädchen wirft, das er mag."

"Was? Nein."

"Ich meine es ernst! Klingt, als ob der Playboy-Prinz auf dich scharf ist."

Ich sage ihr nicht, dass das Gefühl auf Gegenseitigkeit beruht.

"Hör zu, Mina, ich rufe an, um zu fragen, ob du etwas für mich recherchieren kannst." Mina ist ein Genie an ihrem Computer. Erschreckend gut. Sie findet ständig Geheimnisse für mich heraus und hat mir geholfen, genauso viele zu begraben.

Ich erkläre ihr, was ich brauche.

"Das kann ich machen. Kein Problem. Sag mir nur Folgendes ..."

"Was?"

Minas Stimme vertieft sich zu einem Schnurren. "Ist er in echt so heiß, wie er auf dem Bildschirm aussieht?"

Ich ziehe eine Grimasse. Ich kann meine beste Freundin nicht anlügen. "Heißer."

"Scheiße. Du bist total am Arsch. Zumindest, wenn du Glück hast."

"Mina! Ich vögele nicht mit Kunden." *Nicht mehr.*

"Mehr als bedauerlich." Mina tippt schneller auf ihrem Computer, das Geräusch ist wie fließendes Wasser. "In Ordnung. Ich besorge dir, was du brauchst. Du holst deinen Kunden an Bord."

"Das ist es ja gerade. Ich weiß nicht, wie."

"Du weißt wie. Verführe ihn."

"Das tue ich nicht mehr." Ich berühre meine Brille.

Sie lacht. Ich habe keine Geheimnisse vor Mina. "Nicht auf diese Weise. Aber ... es ist nichts Falsches daran, die Vorzüge, die Gott dir gegeben hat, ein wenig zu nutzen, um ihn auf deine Seite zu ziehen."

"Nein", zische ich in den Hörer. "Nein. Ich bin ein Profi. Nur weil ich blond bin, heißt das nicht, dass ich eine dumme Tussi bin."

"Du musst nicht beweisen, dass du Köpfchen hast, V. Du hast einen Bachelor und einen Master von zwei Top-Universitäten. Keiner bestreitet, dass du klug bist."

Ich nehme meine Brille ab, poliere sie und warte auf eine Gelegenheit, sie zu unterbrechen.

"Du hast auch einen tollen Körper", fährt Mina fort. "Auch wenn du ihn nicht zur Schau stellst. Du machst niemandem etwas vor, wenn du ihn unter diesen Anzügen versteckst. Du bist heiß. Das lässt sich nicht ändern. Warum es also nicht zugeben?"

Ich trommle mit den Fingern gegen die Fensterbank. Ein paar hundert Meter weiter schleicht Blondie um den Pool, sie läuft wie ein Model und eine Stripperin zugleich. Sie hat Theo im Visier.

"Du musst ihn verführen", sagt Mina. "Sonst verlierst du einen Kunden."

"Ich verliere nicht."

"Dann weißt du, was zu tun ist."

Sobald Mina aufgelegt hat, wird der Schmerz in meinem Kopf zu einem ärgerlichen Pochen. Ich öffne das Fenster einen Spalt, um etwas Luft zu bekommen. Lachen und Schreien wehen herauf. Die Party ist größer. Die Musik lauter. Die Sonne ist heißer. Es ist ein schöner Tag. Wunderschön, um genau zu sein.

Scheiß drauf.

* * *

ZEHN MINUTEN später stakse ich in meinen Louboutins an den Nymphenstatuen vorbei. Bevor ich zum Pool hinuntersteige, löse ich die Bänder meines Wickelkleides und ziehe es herunter. Darunter trage ich einen schwarzen Bikini. Ein bisschen mehr als die Schnüre, die die anderen Frauen tragen, aber nicht wesentlich. Ich hänge das Kleid an eine Statue und gehe nur mit dem Badeanzug und den Heels weiter.

Wer trägt hohe Absätze zum Bikini?

Ich, um einen Kunden anzulocken.

"Jungfrau", ruft Theo vom Sprungbrett aus. Die ganze Menge greift den Sprechchor auf und applaudiert, als Theo ins tiefe Wasser springt. Ich grinse, winke und schnappe mir einen Drink.

Ich schleiche zum Ende des Beckens und stelle mich neben eine weitere weiße Marmorstatue. Diese hier ist männlich und gut ausgestattet. Ich stoße auf ihn und seine Vorzüge an und nehme einen Schluck Schnaps. *Wenn man in Rom ist ...*

Zwei Sekunden später taucht Theo direkt vor mir aus dem Pool. Wasser tropft von seinen braungebrannten Schultern. Seine Muskeln spannen sich an, als er sich aus dem Becken hievt, und dann kommt er auf mich zu, Rinnsale laufen über die straffen Konturen seines Bauches. Das Panther-Tattoo knurrt von seiner Hüfte. Der Panther ist auf Beutezug.

"Sieht gut aus. Musst nur noch die Brille abnehmen." Er versucht, danach zu greifen, aber ich schüttele den Kopf und streife seine Hand fort. Er schenkt mir ein Höschen-schmelzendes Lächeln. "Ich wette, die richtige Party fängt dann an, wenn sie abgesetzt wird."

Er ist ein Arschloch. Das ist er wirklich. Aber durch die Art, wie er diese schrecklichen Dinge sagt, wie er seinen Kopf neigt, mit der eindeutigen Einladung in seinen Augen, kann ich nicht anders, als einen Anflug von Anziehung zu spüren. Sein Playboy-Gehabe ist vielschichtig, als wolle er herausfinden, wie viel er sich erlauben kann. *Ich mache nur Spaß,* erzählt mir sein Lachen. *Willst du mit mir herumalbern?*

Scheiße, Vesper, du kannst dir deine Kunden aussuchen. Ich halte mein Glas fester und nicke ihm zu. "Mr. Kensington."

"Nenn mich Theo."

Also gut. "Theo. Nette Party hast du hier."

"Schön, dass du dich uns anschließen konntest. Ich sehe, du hast mich aufgegeben."

"Nein", entgegne ich und setze meinen Drink an. Ich halte seinen Blick, während ich trinke. Als ich das Glas abstelle, sieht er mich mit neu gewonnenem Respekt an. *Endlich.* "Wir müssen reden."

"Ich mag reden." Er lehnt sich an die Statue und schirmt mich ab, sodass ich durch seinen Körper geschützt bin. Wir sind hier in unserer eigenen privaten Welt. Mein Herz klopft hektisch. "Allerdings mag ich es auch, andere Dinge zu tun."

"Das ist mir bekannt. Ich konnte einen Blick darauf werfen, was du gerne tust."

"Oh, das war aber noch lange nicht alles."

"Ist das so? Nun, ich habe genug gesehen." Ich verwandle mich in Ms. Mavery. "Es ist nichts Falsches daran, wenn ein Promi den Narren spielt. Es ist erlaubt und wird beinahe erwartet. Aber du bist kein Promi. Du bist der Erbe eines Imperiums und der Sohn einer Prinzessin."

Halb seufzt er, halb stöhnt er und schaut zurück auf die Party hinter uns.

Ich lehne mich zu ihm, um seine Aufmerksamkeit zu erregen.

"Dein Vater hat etwas aus dem Nichts aufgebaut, und du wirfst es einfach weg. Normalerweise braucht es drei Generationen, um von Armut zu Reichtum und wieder zu Armut zu gelangen. Du schaffst es in zwei."

"Ich werde keine Kinder haben."

Ich nehme einen tiefen Atemzug. "Dann ist da noch die Sache mit deiner Großmutter."

Theos Gesicht wird leer, kalt. Die Unbeschwertheit verschwindet völlig, zurück bleibt ein wütender, verbitterter Mann. Aber immer noch unfassbar schön. "Was ist mit ihr?"

"Sie würde gerne wieder Kontakt aufnehmen. Sie möchte ..."

"Nein", erwidert er knapp.

"Nein? Lass mich das klarstellen. Die schwedische Königin bittet dich um eine Audienz, und du willst sie abblitzen lassen?" Ich trete dicht an ihn heran. Ein weiterer

Schritt und meine Brüste würden seinen Oberkörper berühren. *Ihn verzaubern.*

Er zuckt mit den Schultern.

"Du bist nicht einmal daran interessiert, herauszufinden,
warum sie dich treffen will?"

Er senkt den Kopf und schmiegt sich gegen meine Schul-
ter. "Es gibt andere Dinge, an denen ich interessiert bin."
Seine Lippen streifen meine Haut und versetzen meinen
Körper in Aufruhr.

"So verklemmt", murmelt er. "Du brauchst einen guten
Orgasmus. Ich kann dir dabei helfen."

"Vielleicht später", entgegne ich mit der forschesten
Stimme, die ich aufbringen kann und ignoriere die Tatsache,
dass meine Libido in drei Sekunden von null auf hundert
gestiegen ist.

"Ich werde dich daran erinnern", sagt Theo, und das
Versprechen lässt mich erschaudern.

Ich räuspere mich und fahre fort. "Dein Onkel ist krank.
Er könnte sterben und damit rückst du in der Thronfolge
auf. Du wirst der Kronprinz sein."

"Ich will kein Prinz sein", murmelt er. Sein heißer Atem
streift über meine Haut, als würde er daran lecken. "Ich bin
bereits ein Gott."

"Du bist kein Gott." Ich schiebe meinen Arm zwischen
uns und rücke die Brille auf meiner Nase zurecht, damit ich
ihm einen ordentlichen Miss-Mavery-Blick zuwerfen kann.
"Du bist eine männliche Paris Hilton."

"Danke", grinst er.

"Hör auf damit!" Ich gebe ihm einen leichten Klaps auf
seine Brust. Diese steinharte, mit Wassertropfen bedeckte
Brust, die nicht perfekter sein könnte, wenn sie von Miche-
langelo gemeißelt worden wäre. "Dieses Playboy-Getue wird
langsam langweilig. Sogar ich weiß, dass du besser bist als
das."

Er richtet sich auf und studiert mich mit Augen, die die Farbe von Espresso haben. "Also, was soll ich tun?" Er klingt ernst.

"Wir geben eine Erklärung ab, in der wir das Sex-Tape als Verletzung der Privatsphäre verurteilen. Lenk die Aufmerksamkeit der Presse auf deinen Erfolg und deine Leistungen."

"So etwas habe ich nicht vorzuweisen."

"Deine Herkunft, also. Du bist der Sohn eines Einwanderers, der sich in die Forbes Top 100 der reichsten Menschen der Welt gearbeitet hat. Du hast gute Chancen, der Thronfolger von Schweden zu werden." Ich versuche, es nicht so zu sagen, als würde ich es nicht glauben, aber es scheint dennoch verrückt zu sein. Dieser große, dunkelhaarige, tätowierte Hengst, der unpassend eng in meinem persönlichen Freiraum steht, ist ein Prinz. "Du wirst für eine lange Zeit die Nachrichten füllen, Theo. Es ist an der Zeit, deine Botschaft zu formulieren."

Er bläst seinen Atem aus. "In Ordnung."

"Alles klar?"

"Ich werde es tun. Die Interviews. Das Statement. Was auch immer."

"Wirklich? Bist du sicher?"

"Ja, ich bin mir sicher. Du hast mich überzeugt. Überrascht dich das?" Er legt den Kopf schief. Meiner neigt sich automatisch in die entgegengesetzte Richtung zu seinem. Mein Kinn hebt sich und bringt meine Lippen näher an die seinen. "Du bist", sein heißer Atem streichelt mein Gesicht, "sehr überzeugend." Ich schließe die Augen, als ein Kribbeln durch mich hindurchgeht.

"Theo!", ruft eine der Blondinen und hält einen Margarita-Shaker in der Hand. Irgendwie schafft sie es, gleichzeitig Theo anzusäuseln und mir einen bösen Blick zuzuwerfen. "Ich habe etwas für dich." Sie öffnet den Shaker und schüttet die eisige, klebrige Flüssigkeit über ihre Brust.

Ihre Brustwarzen stehen stramm wie die Knöpfe eines Kampfpiloten.

"Ich muss los", verabschiedet sich Theo mit einem verruchten Funkeln in den Augen. Er stolziert davon und lässt mich schwankend zurück.

Ich muss ebenfalls los und ein Statement verfassen, das das Image meines Kunden rettet. Das Gespräch, das wir hatten, ist ein großer Gewinn. Aber während ich dem glücklichen Quietschen von Blondie zuhöre, die sich von Theos bereitwilliger Zunge den Tequila von der Haut lecken lässt, muss ich zugeben, dass es sich nicht wie einer anfühlt.

"WAS ZUM TEUFEL MACHEN SIE DA?" Evans mustert mich von oben bis unten, als ich die Villa betrete. Ich bin immer noch im Bikini und in Stöckelschuhen; ich hatte mir mein Kleid geschnappt, aber keine Zeit gehabt, es wieder anzuziehen.

"Meinen Job", antworte ich, ziehe mein Kleid an und binde es zu. "Ich habe Theos Statement für die Presse bereits fertiggestellt. Ich muss nur noch auf ‚Senden' drücken. Meine Medienkontakte werden sich um den Rest kümmern."

Evans blickt finster drein. Er ist von der alten Schule, angeheuert von Theos Vater. Er billigt wahrscheinlich keine Medienberatungen, die am Pool stattfinden.

"Sie haben mich angeheuert, um einen Job zu erledigen", verteidige ich mich. "Was ich auch ausgezeichnet tue. Theo … Mr. Kensington hat meinem Vorgehen zugestimmt."

Evans blinzelt. "Wirklich?"

"Er ist bereit, sein Image aufzupolieren. Ich arrangiere gerade ein paar Interviews für ihn. Er hat versprochen, sie zu machen." *Kurz bevor er seine Zunge in das Dekolleté einer Frau gesteckt hat.*

"Ist das so?" Evans berührt den Knopf in seinem Ohr, lauscht einen Moment und schreitet dann zur Tür.

"Wo gehen Sie hin?", rufe ich ihm hinterher.

"Mr. Kensington ist gerade mit seinem ganzen Trupp losgezogen. Beim letzten Mal hätten sie fast das Haus in den Hamptons niedergebrannt."

"Scheiße", hauche ich und rapple mich auf, um zu folgen.

KAPITEL 4

Eine haarsträubende Fahrt später hält der orangefarbene Maserati an einem Bordstein und parkt illegal. Evans fährt dahinter heran.

Ich löse meine Finger vom Armaturenbrett und vom Sitz. Theo fährt, als würde er ein Straßenrennen für das Indie 500 absolvieren, und Evans blieb ihm die ganze Strecke über auf den Fersen. Der Sicherheitchef muss tonnenweise Übung darin haben. Und einen Richter in der Tasche, um Theos Strafzettel zu begleichen.

"Wo sind wir?" Die Gegend zeichnet sich durch nichts aus, das ich wiedererkenne, hier gibt es nur eine Handvoll heruntergekommene Geschäfte und ein paar hässliche Gebäude inmitten eines Betondschungels. Wir sind nördlich von Manhattan, ein paar Straßen weiter von der Oberschicht, die hier in ein leicht schäbiges Viertel übergeht.

"Skatepark. Mr. Kensington hat das leere Grundstück gekauft und ihn anlegen lassen, einen Monat nachdem er sein Erbe erhalten hatte."

"Natürlich hat er das", murmele ich und beobachte, wie

die große gebräunte Gestalt den Maserati verlässt, das Skateboard unter dem Arm. "Weil er zwölf ist."

"Ich dachte, Sie wären zu ihm durchgedrungen",
kommentiert Evans stirnrunzelnd.

"Das dachte ich auch", erwidere ich und gehe hinterher.
Theo lässt sein Board fallen, um mit ein paar Freunden zu
reden, die mit einem Jeep vorgefahren sind. Bald präsentieren sie alle Tricks und rollen die Betonrampen hoch und
runter.

Rechts hat eine Catering-Firma eine lange Reihe von
Tischen aufgebaut, bedeckt mit weißen Tischtüchern und
Bergen von Essen. Canapés und anderes Fingerfood, dazu
ein ganzer Desserttisch, mit einem Turm aus Cupcakes. Die
Frauen sitzen daneben und schauen zu, darauf bedacht, dass
ihre Sonnenkleider nicht die Gangzeichen auf dem Beton
berühren.

Theo flippt sein Skateboard ein paar Mal unter seinen
Füßen, bevor er die Rampen hoch und runter saust. Er
balanciert seinen großen Körper mit Anmut und Leichtig-
keit, während er einige Moves ausführt. Er ist wirklich gut.

"Er hat einen Wettbewerb gewonnen, als er sechzehn
war", erzählt mir Evans.

"Wirklich? Das könnte nützlich sein." Ich mache mir eine
Notiz, dass Mina das untersuchen soll.

Evans steht auf und gibt seinem Sicherheitsteam ein
Zeichen. "Wir haben Besuch."

Ein paar schmuddelige Kids sind aufgetaucht, mit
weiten T-Shirts, die über den schlabbrigen Jeans hängen.
Sie halten verbeulte Skateboards in den Händen und
beäugen die elitäre Gruppe, die in ihr Revier eingedrungen
ist.

"Warte", sage ich. "Sie sind etwa zehn Jahre alt. Schmeißen
Sie sie noch nicht raus."

Ein paar der Jungen schleichen in Richtung des Esstisches. Als sie niemand aufhält, schnappt sich einer ein Hähnchen-Satay-Stäbchen und läuft zurück zu seinen Freunden.

"Theo", jammert eines der Mädchen. "Sie nehmen uns das Essen weg."

"Es ist in Ordnung", winkt Theo ab. "Sie können so viel haben, wie sie wollen."

"Zurücktreten", sagt Evans in seinen Ohrhörer.

Die Kinder aus der Nachbarschaft drängen sich an den Tischen. Die Caterer eilen herbei, um weitere Teller zu bringen. Einer der Jungen greift über das Meer der Desserts hinweg nach dem obersten Cupcake.

"Die fressen uns alles auf", schreit Blondie.

Theo schaut kurz auf. Sein Hemd hat er ausgezogen. Schon wieder. Seine Tattoos werden so prächtig zur Schau gestellt. Er zuckt mit den Schultern. "Sollen sie doch Kuchen essen."

Schmollend stapft Blondie in ihren Designer-Jeans-Cutoffs und lächerlichen High-Heels zurück zum Auto.

Die Kinder vertilgen das Essen. Theo schließt sich ihnen für einen Mini-Hamburger an, und dann gehen sie alle zu den Rampen hinüber.

Ich gehe näher heran und höre zu, wie Theo das Geschehen bestimmt und die Kinder sich auf den Rampen abwechseln.

"Hey, kann ich mir dein Telefon leihen?" frage ich einen Jungen. Als er es mir aushändigt, fange ich an, Fotos zu schießen. Theo hockt sich hin, um ein Skateboard zu untersuchen, während drei Kinder ihm über die Schulter schauen. Theo zeigt auf den Platz und erklärt, wie man am besten über die Rampen fährt. Ich nehme ein kleines Video auf und tweete es und füge Theos beliebtesten Hashtag hinzu.

"Was hast du gemacht?", fragt der Junge neben mir, als ich ihm sein Handy zurückreiche.

"Ich habe dich berühmt gemacht", sage ich ihm. Sein

Telefon zu benutzen und nicht meins, wird das Medienleck authentischer aussehen lassen. "Ein paar Nachrichtenwagen werden bald hier sein und sie werden mit dir reden wollen. Geh und frag Theo, ob du ein Foto mit ihm haben kannst. Wenn du es darfst, werde ich es machen."

"Cool!"

Klar, dreißig Minuten später tauchen die Paparazzi auf. Die Kameras blitzen. Theo posiert mit den Kindern. Er tauscht sein Designer-T-Shirt gegen das verblichene eines Jungen. Der Junge strahlt. Sie machen alle Tricks, und als eines der Kinder eine ausgefallene Drehung hinlegt, schenkt Theo dem Burschen sein Skateboard.

Ein paar der Damen kommen herbeigestürzt, verteilen Wasserflaschen und den Rest der Cupcakes. Blondie sitzt immer noch finster dreinblickend im Maserati. Ich grinse sie an, bevor ich zu den Nachrichtenleuten hinübergehe, um ein Statement abzugeben. Dieser kleine Umweg war ein ziemlicher Erfolg.

Als ich zurückkehre, winkt Theo mich zu sich.

"Mr. Kensington?"

Er schiebt sich näher heran, neigt seinen Kopf zu meinem. Erst da merke ich, dass er wütend ist.

"Was zum Teufel läuft hier ab? Du hast mich reingelegt."

Ich blinzle ihn an.

"Das ist ein verdammter Medienzirkus", sagt er. "Hast du die Presse angerufen?"

"Nein. Ich habe ein Foto gemacht und es mit deinem Hashtag getwittert. Du bist im Moment heiß."

"Ich bin immer heiß." Trotz all seiner Empörung kann er das Flirten nicht lassen.

"Heiße Nachrichten, meine ich." Ich erröte. Mein dummer Körper spürt seine Wut und findet sie aufregend. Die Chemie zwischen uns lässt sich nicht leugnen. "Du hast mir ein paar Interviews versprochen und bist dann hierher abgehauen."

"Ich dachte, du würdest den Wink verstehen."

"Hast du erwartet, dass ich so leicht aufgebe?"

"Ja." Er schiebt sich näher, und sein Duft umhüllt mich. Ein wenig Schweiß an seiner Schläfe färbt sein seidiges Haar schwarz.

"Aber das werde ich nicht tun." Ich stehe meinen Mann. "Ich werde meinen Job erledigen, ob es mir gefällt oder nicht. Ich bin eine Problemlöserin. Ich bin an schwierige Situationen gewöhnt."

"Ich will nicht gerettet werden." Er ragt über mir, seine Körperwärme trifft mich wie eine Hitzewelle.

"Tja, schade." Meine verdammte Muschi tropft. Wir sind so nah beieinander, man könnte kaum eine Messerklinge zwischen uns führen. Es geht bei diesem Disput um mehr als Theos Abneigung gegen die Medien. Er hat endlich jemanden getroffen, der ihm die Stirn bietet. Es schadet auch nicht, dass ich gleichzeitig jemand bin, den er ficken will.

"Du hast diese Kinder als Teil meines persönlichen Fotoshootings benutzt. Und jetzt hast du den Medien erzählt, dass ich hierherkomme und regelmäßig mit ihnen skate? Eine Art, etwas zurückzugeben?"

Ich zucke mit den Schultern. "Ist das nicht eine gute Idee? Du hast den Park gebaut, du kommst gerne hierher."

"Ich betreibe keine Wohltätigkeit ..."

"In der Tat, genau das tust du. Seit heute Nachmittag um fünfzehn Uhr. Die Anwälte arbeiten daran, *Boards for Boys and Girls* in den Kensington Nonprofit-Fund aufzunehmen. Du gibst eine Million, um ein Skateboard-Nachschulprogramm für Innenstadtkinder zu starten." Ich schenke ihm ein grimmiges Lächeln. "Ich habe den Kindern bereits gesagt, dass du nächste Woche hier sein wirst. Es sei denn, du willst einen Rückzieher machen ..."

Er schüttelt den Kopf, aber ich höre sein Zähneknirschen.

"Entspann dich, Theo. Das ist gute Presse. Es ist gut."

"Ich bin verdammt noch mal nicht hierhergekommen, um ..."

"Ich weiß, dass du es nicht getan hast. Aber, wie ich schon sagte, die Kinder sind aufgetaucht, und du warst nett zu ihnen. Weil du ein netter Kerl bist." Ich stoße ihm vor die Brust. Meine Hand schmerzt. Seine Muskeln sind hart. Zu spät merke ich, dass ich meinem Chef gerade gegen die Brust gehauen habe. Aber es ist nicht meine Schuld. Das Kraftfeld zwischen uns ist aktiviert.

Ich ziehe meine Hand weg. "Du bist ein netter Kerl", wiederhole ich.

"Nein, bin ich nicht." Er weicht zurück und schüttelt den Kopf. Er ist noch heißer, wenn er wütend ist. Das sage ich ihm aber nicht. "Mach nicht noch mal so einen Scheiß."

"Mr. Kensington!" Ein Mann in einem weißen Poloshirt und einer Hose joggt heran. Ich springe praktisch zwischen ihn und Theo.

"Keine Interviews", sage ich und hoffe, dass Theo seine feindselige Körpersprache mildert, bevor die Kameras in diese Richtung schwenken. Das hat uns noch gefehlt - dass Theo einem Reporter einen Schlag verpasst. "Mr. Kensington ist im Moment nicht an einer Aussage interessiert."

"Ich bin nicht von der Presse." Der Mann hebt die Hände in gespielter Verteidigung. "Ich bin Roger White. Ich leite den Kids Club da drüben." Er zeigt auf ein niedriges, graues Gebäude am Rande des Parks. "Ich wollte Ihnen allen danken, dass Sie gekommen sind und sich mit den Kindern beschäftigt haben."

"Es war mir ein Vergnügen", sagt Theo und schüttelt Mr. White die Hand. Die ganze Wut ist aus ihm herausgeflossen. Er steht aufrecht und stolz, neigt den Kopf, so freundlich, als wäre er der Präsident, der eine Auszeichnung entgegennimmt. "Danke für die Arbeit, die Sie leisten. Dieser Nachmittag war ein Tropfen auf dem heißen Stein im Vergleich dazu."

"Das kann ich nicht behaupten. Diese beiden zum Beispiel", er nickt zu zwei Jugendlichen, die wie eineiige Zwillinge aussehen. "Ich kenne Billy und Kenny, seit sie Kleinkinder waren. Ihre Mutter arbeitet lange, also sind sie jeden Tag in unseren Programmen. Je älter sie werden, desto mehr ziehen sie sich zurück. Was Sie heute getan haben, bedeutet ihnen sehr viel. Und für mich."

"Mr. Kensington hat eine gemeinnützige Organisation, die an einer Zusammenarbeit mit lokalen Kinderclubs interessiert ist", füge ich hinzu.

Theo runzelt ein wenig die Stirn, korrigiert mich aber nicht.

"Ich würde gerne mehr hören", sagt Mr. White. "Ich weiß, dass Sie viel zu tun haben, aber ich würde Sie gerne zu der Veranstaltung der Kinderolympiade einladen, die wir veranstalten. In der Innenstadt. Clubs von der Ostküste kommen zusammen, um sich zu messen. Es ist morgen. Ich weiß, dass es in letzter Minute ist und wahrscheinlich Ihren Terminplan sprengt, aber ..."

"Ich werde sehen, was ich tun kann", sagt Theo und bedankt sich noch einmal bei dem Mann, während ich zufrieden grinse.

"Theo", brüllt Blondie aus dem Maserati. "Können wir jetzt gehen?"

Theo ignoriert sie, ergreift meinen Ellbogen und führt mich zum Auto. Die verrückte Anziehungskraft springt wieder zwischen uns, sodass ich fast stolpere, als ich über den kaputten Bürgersteig zum schwarzen Escalade navigiere.

Für jeden, der es sieht, begleitet er mich wie ein Gentleman zum Auto, legt seine Hand auf meinen Rücken, um mich zu schützen. Ich spüre den Druck seiner Finger auf meinem Rücken, der mich versengt, als wäre es ein Brand-zeichen. Als wäre er radioaktiv.

Er legt seine Lippen nahe an mein Ohr. "Was habe ich dir gerade über das Posieren für die Presse gesagt?"

"Ich habe ihn nicht zu dir rübergeschickt", flüstere ich zurück und ignoriere das verrückte Pochen in meinem Herzen. "Das war alles auf Mr. Whites Mist gewachsen." Ich steige ins Auto und schaue zurück, in der Hoffnung, den Theo zu sehen, der mit diesen Kindern gespielt hat. Den echten Theo mit einem weichen und offenen Blick.

Stattdessen schaut er hart und verschlossen.

Ich schlucke und gehe das Risiko ein. "Er hat recht, weißt du? Mr. White. Du hast heute eine gute Sache gemacht. Es tut mir leid, wenn ich es mit den Medien ruiniert habe." Und es tut mir wirklich leid. *Ich dachte, der Kampf wäre zwischen uns und der Presse. Nicht zwischen dir und mir.*

Er starrt mich so lange an, dass ich beinahe seinen Namen rufe. Blondie brüllt wieder, und er schüttelt sich, um den Bann zu brechen. Gott sei Dank. Noch etwas länger, und sein Kraftfeld hätte mich aus dem Auto gezogen und mich ihm direkt in die Arme geworfen.

"Das ist noch nicht vorbei", warnt er und schließt die Tür, während ich bei dem Versprechen und der Drohung erzittere.

* * *

ZURÜCK IN DER Villa gehe ich in mein zugewiesenes Büro, um meinen Laptop zu überprüfen. Da ist eine E-Mail von Mina mit zwei Worten. "Mission abgeschlossen." Ich lächle. Mina benutzt gerne Codewörter, wenn sie ihr Hacker-Genie einsetzt.

Mein Telefon klingelt. Evans.

"Ich habe gerade Anweisungen von Mr. Kensington bekommen. Er sagte, er geht morgen zur Kinderolympiade?"

Ich grinse und danke dem Himmel für Mr. White. "Ich denke schon."

"Er bat auch um keine zusätzliche Medienpräsenz, aber er sagt, dass er den ganzen Tag ehrenamtlich arbeiten wird."

Ich fummele am Telefon herum und lasse es fast fallen. Als ich es wieder an mein Ohr halte, fährt Mr. Evans fort: "- bevor er nach Schweden fliegt."

"Hat er Schweden zugestimmt?"

"Noch nicht."

"Das wird er", sage ich und klopfe auf die Holzplatte meines Schreibtisches. Ich bringe ihn dazu, einem Treffen mit seiner Großmutter, der Königin, zuzustimmen, und wenn ich dafür einen Bikini anziehen und Theo einen Lapdance geben muss.

Ich sage das natürlich nicht laut zu Evans.

"Meine Männer haben die Medien beobachtet. Anscheinend sind weitere Sex-Tapes mit Pepper Spice herausgekommen. Sie muss von jedem Typen, mit dem sie je geschlafen hat, eins gemacht haben. Es ist überall in den Promi-News-Shows."

Gut gemacht, Mina. "Das sollte die Aufmerksamkeit von Theo etwas ablenken."

"Ich sehe es genauso." Evans räuspert sich. "Ich weiß nicht, wie Sie es angestellt haben, aber machen Sie weiter so. Vielleicht können wir den Vorstand überzeugen, ihm doch noch eine zweite Chance zu geben."

Vier Stunden später klappe ich meinen Laptop zu. Ich habe Theo für ein Interview am Donnerstag angesetzt und sein Statement veröffentlicht, in dem er die Presse bittet, "seine Privatsphäre zu respektieren". Ich habe ein paar Freunde angestupst, sich auf Pepper Spice zu stützen, die immer weniger wie eine glaubwürdige Quelle aussieht, sondern eher wie eine opportunistische Schlampe. Ich mag es nicht, Schmutz zu verteilen, um das Image eines Klienten zu säubern, aber wenn Pepper mit Schlamm schleudert, ist das Mindeste, was ich tun kann, die Kamera auf sie zu richten.

Ich bin gerade mit dem Abendessen fertig, als mein Telefon wieder klingelt.

"Er ist weg", grunzt Evans.

"Schon wieder? Ich dachte, Sie hätten seine Schlüssel genommen?"

"Das habe ich. Er hat wohl den Porsche genommen."

"Der Mann besitzt zehn Autos. Wenn Sie ihm die Schlüssel abnehmen, müssen Sie es schon alle sein." Ich schleiche zum Fenster und schiebe die Jalousien auf, als erwarte ich, dass Theo die Auffahrt entlanggefahren käme. "Wir starten morgen um acht. Wir haben keine Zeit, ihn aus einer Bar zu zerren und ihn auszunüchtern. Wir können es nicht mehr verschieben. Wir haben keine Zeit mehr."

"Ich weiß. Wir versuchen, sein Telefon zu orten."

Ich wirble vom Fenster weg und reibe mir die Schläfen. Meine Kopfschmerzen waren weg, aber ich spüre, wie sie mit aller Macht zurückkommen. "Könnte er einfach am Pool sein, mit dem Rest seiner Truppe?"

"Er hat sie nach Hause geschickt. Dachte, er sei auf dem Weg zu seinen Zimmern. Wir durchsuchen jetzt die Residenz nach ihm."

Verdammt noch mal. "In Ordnung. Ich werde helfen." Ich packe meinen Laptop ein und gehe in mein Zimmer. Wenn ich meinen Klienten einfangen will, dann in Nikes, nicht in Louboutins.

Ich knurre vor mich hin, während ich die vergoldeten Hallen hinuntermarschiere. "Der gottverdammte Mann sollte besser seinen verdammten Schwanz in seiner verfluchten Hose behalten oder ich werde sie ihm antackern

..." Ich öffne die Tür zu meinem Schlafzimmer und bleibe auf der Stelle stehen.

Auf der anderen Seite des Raumes grinst mich Theo an.

Mein Telefon klingelt. Ich gehe ran.

"Ich glaube, er ist noch hier", sagt Evans, "sein Handysignal ist noch in der Residenz ..."

"Ich habe ihn gefunden", unterbreche ich. "Brechen Sie die Suche ab. Wir sehen uns dann morgen früh." Ich lege auf, bevor Evans noch mehr Fragen stellen kann und ich ihm sagen muss, dass der Playboy-Prinz in meinem Bett liegt.

KAPITEL 5

"Hast du mich vermisst?", fragt Theo.

"Schuhe runter vom Bett", befehle ich und marschiere an ihm vorbei ins Bad. Mit großer Sorgfalt achte ich darauf, dass ich die Tür nicht zuschlage. Dann drücke ich mich dagegen.

Der Anblick von Theo, ganz ohne Hemd - plus die fünfundzwanzig Zentimeter, die er in seiner Hose hat (und zum Glück trägt er eine Hose), reicht aus, um meine Eierstöcke explodieren zu lassen.

Wenn ich diese Nacht überlebe, ohne mich an ihm zu reiben, wird mich das sehr, wirklich sehr überraschen.

Muss. Wie. Miss. Mavery. Sein.

Ich öffne die Tür wieder, in der vagen Hoffnung, dass er weg ist.

Nö. Immer noch da, auf dem Rücken liegend, Bizeps und Trizeps zeichnen sich geschmeidig gegen die Bettdecke ab, während er den Kopf in die Hände stützt. Er hat seine Schuhe ausgezogen. Sieht aus, als würde er hierbleiben.

Ein Teil von mir hat sich sofort damit abgefunden, dass er hier ist, unsere Anziehung ist so endgültig und unerbittlich wie die Schwerkraft. Ein Teil von mir möchte sich auf ihn stürzen.

So wie er gerade liegt, wäre es so einfach.

Er blickt von der Decke zu mir, lange Wimpern fächern über seine gebräunte Haut.

Wie kann ein Mann so attraktiv sein? Und reich. Und klug. Und berühmt.

Das ist verdammt unfair.

"Also, Vesper. Wirst du mich fragen, warum ich hier bin?"

"Nein", antworte ich und krame in meinem Koffer nach der weiten Yogahose, die ich besitze. Dazu ein riesiges T-Shirt mit der Aufschrift "I love NYC" und meine schwarz gerahmte Sarah Palin/Tina Fey-Brille, und ich habe das perfekte Schwanzblocker-Outfit. Nicht so gut wie ein Hosenanzug, aber es ist alles, was ich habe.

"Ich weiß, was du tust", fahre ich fort und stehe mit der Kleidung in der Hand auf, um meine Heels abzustreifen. "Du machst mir das Leben schwer. Das tust du schon, seit ich einen Fuß auf deine Türschwelle gesetzt habe."

"Ich habe zugestimmt, alles zu tun, was du willst."

"Deshalb werfe ich dich auch nicht raus", sage ich. "Du brauchst eine gute Portion Schlaf vor dem morgigen Tag, und ich auch. Das kann genauso gut hier passieren, wo ich ein Auge auf dich habe."

"Ist es das, was wir tun werden?" Er hebt eine Augenbraue. "Schlafen?"

Als Antwort schließe ich die Badezimmertür. Ich wasche mein Gesicht und ziehe meine Rüstung an. Nachdem ich mir die Brille auf die Nase gesetzt habe, studiere ich mein Spiegelbild. Ich habe ein hübsches Gesicht. Nicht so hübsch wie das von Theo, aber meine schlanke Statur und mein Elfengesicht bringen mir in der U-Bahn genug Blicke ein. Dazu kommt mein langes, dichtes blondes Haar, das hinter mir wie ein goldener

Vorhang herabfällt, weshalb ich stets mehr als nur einen zweiten Blick ernte.

Ich hatte schon genug Aufmerksamkeit für ein ganzes Leben. Aber aus irgendeinem Grund möchte ich, dass Theo mich ansieht.

Nach einem langen Moment lasse ich mein Haar herunter.

Als ich das Badezimmer verlasse, setzt sich Theo auf, und ich weiß, dass es ein Fehler war, mein Haar offen zu tragen.

Aber sein heißer Blick auf mir fühlt sich wie ein Sieg an.

"Nein, wir werden nicht nur schlafen", verkünde ich. "Wir werden uns unterhalten."

"Nur reden?" Eine weitere Augenbraue hebt sich.

"Einfach reden." Ich wende mich der Kommode zu und nehme meine Ohrringe heraus.

Ein Rascheln von Stoff und Hitze trifft meinen Rücken. Theos überwältigende sexuelle Präsenz umgibt mich.

"Nur reden? Bist du dir da sicher?", murmelt er und legt seinen Arm um meine Taille. Gut, dass er das tut, denn meine Beine geben fast nach.

Er zieht mich zurück an seinen Körper und mein Verstand wird leer. Etwas Langes und sehr, sehr Hartes drückt gegen meinen Po.

"Das ist sexuelle Belästigung", plappert der Miss-Mavery-Teil von mir. Der Rest von mir verschmilzt mit Theos riesigem Körper.

"Ist das so? Wie das hier?" Er zerrt meinen Ausschnitt zur Seite und drückt mir einen kleinen Kuss auf die Schulter.

Es kostet mich alles, nicht herumzuwirbeln und meine Arme um seinen Hals zu schlingern. Er ist sehr hart und warm. Und ... hart. "Ähm ..."

"Warum erzählst du mir nicht alles darüber." Er tritt beiseite und dreht mich herum. "Im Bett."

Er zieht mich langsam zum Bett. Ich gehe sehr vorsichtig,

als ob ich versehentlich ausrutschen und auf seinem Schwanz landen könnte.

Hey, das könnte passieren. Trotz der unförmigen Yogahose.

Aber sobald ich am Bett bin, reiße ich mich los und schlüpfe unter die Decke. "Nein. Einfach nein." Ich halte ihn auf, als er dasselbe tun will.

Er grinst und legt sich auf die Bettdecke, auf die Seite gestützt, mir zugewandt. "Du vertraust mir überhaupt nicht, oder?"

"Kein bisschen, Mr. Fickgott. Dein Ruf eilt dir voraus. Du hast dich gebettet, jetzt muss du drin schlafen."

"Solange ich mit dir darin liegen kann."

Ich rolle mit den Augen. "Beruhige dich, Casanova. Du wirst mich heute Abend nicht verführen."

Er zeichnet das Muster auf der Decke nach, wobei sein Finger gefährlich nahe an meiner Brust vorbeifährt. "Kannst du es mir verübeln, wenn ich es versuche? Du bist heiß."

Ich werfe ihm einen Blick zu.

"Oh, komm schon. Nicht einmal diese Brille versteckt es. Obwohl sie mir tonnenweise sexy Bibliothekarinnen-Fanta-sien beschert."

"Deine Bücher sind überfällig, Mr. Kensington", sage ich streng.

"Fick mich", stöhnt er und rollt sich auf den Rücken.

"Nein. Das wird nicht passieren. Ich ficke keine Jungs, die hübscher sind als ich."

"Ich bin kein Junge. Ich bin ein Mann."

"Dann verhalte dich wie einer. Skateboarden? Wirklich?"

"Ich mag es. Ich habe einen Wettbewerb gewonnen ..."

"Als du ein Teenager warst. Du bist achtundzwanzig."

"Wie alt bist du?"

"Das geht dich nichts an."

Seine Augen glitzern. "Ich kann es zu meiner Angelegenheit machen. Ich rufe sofort bei Evans an ..."

"Sechsundzwanzig."

"Du bist jung."

"Alter ist nur eine Zahl. Ich habe Erfahrung."

Er grinst.

"Als Medienspezialistin", stelle ich klar. "Meine letzten fünf Kunden ..."

"Ich weiß von deinen Kunden. Ich habe deine Akte gelesen."

"Du liest?", erwidere ich schnippisch, und er verzieht das Gesicht.

Ich schlage ihn mit einem Kissen, und er schnappt es sich von mir und legt es hinter seinen Kopf.

Das ist schön. Das ist angenehm. Zumindest so angenehm, wie es bei all der sexuellen Spannung, die zwischen uns schwirrt, möglich ist. Die Luft ist geladen, wie kurz vor einem Sturm.

"Ich schätze, deine Brille lässt dich älter aussehen ... erfahrener."

Ich lächle darüber.

"Also, was hat dich dazu gebracht, ein Fixer zu werden?", fragt Theo.

"Jeder hat Geheimnisse."

Er neigt seinen Kopf näher. "Verrätst du mir deins?"

"Was denkst du?" Ich ziehe das Laken bis zu meinem Kinn hoch.

"Wenn du mir deins anvertraust, verrate ich dir meins."

"Zu spät dafür, Mr. Fickgott. Dein Schwanz ist überall im Internet. Du hast keine Geheimnisse mehr." Ich plustere mein eigenes Kissen auf und sinke mit einem Seufzer hinein. "Nicht, dass du jemals viel Privatsphäre gehabt hättest. Milliardär, Sohn einer Prinzessin. Du hast dein ganzes Leben im

Rampenlicht verbracht. Das lässt einen schneller erwachsen werden."

"Das tut es", sagt er leise und da ist ein trauriger Ton in seiner Stimme, eine Andeutung des Mannes, den ich vorher gesehen habe. Viel älter und ernster als der übliche Playboy, den die Welt kennt. Weich und offen, verletzbar.

Ich bin vielleicht die Einzige, die den echten Theo je gesehen hat.

"Du bist so schön", sagt er, und mein Herz bleibt stehen. Da ist nichts Flirtendes in seinem Ton, nichts von dem unwiderstehlichen Charme. Er meint es ernst und stellt eine Tatsache fest. Aber ich bin mir sehr bewusst, dass seine Hand auf dem Bett zwischen uns ruht, fünf Zentimeter von meiner Hüfte entfernt. Es wäre ein Leichtes für ihn, seine Finger nach vorn zu schieben, die Decke herunterzuziehen und meine nackte Haut unter dem ausgebeulten T-Shirt zu finden. Seine Berührung würde nicht einmal schockierend sein. Es wäre nicht falsch.

Dass wir hier zusammen liegen, ohne uns zu berühren, das ist schockierend. Mit Theo im Bett zu liegen, fühlt sich unausweichlich an.

Das macht es jedoch nicht richtig.

Ich presse meine Lippen zusammen und starre an die Decke.

"Als ich dich das erste Mal gesehen habe, dachte ich, du wärst … ich weiß nicht", er schüttelt den Kopf, "ein Model oder so. Ein hübsches Gesicht, das hierhergeschickt wurde, um etwas zu verkaufen. Dann hast du den Mund aufgemacht und -"

"Was? Schöne Frauen können nicht klug sein?"

"Ich hänge normalerweise nicht mit Frauen ab, weil sie klug sind."

"Pepper Spice ist schlau. Sie hat eine Nacht mit dir in Medienaufmerksamkeit und einen Buchvertrag verwandelt."

Er sagt nichts.

"Und ich bin ein hübsches Gesicht, das hierhergeschickt wurde, um etwas zu verkaufen", fahre ich fort. "Ich werde der Welt Theodore Kensington verkaufen: einen feinen, aufrechten Bürger. Und weißt du was? Es wird nicht mal eine Lüge sein."

"Mein ganzes Leben ist eine Lüge."

"Was redest du da? Du wohnst in einer Villa in einer der teuersten Gegenden der Welt. Diese Wohnung ist praktisch ein Palast."

"Das? Ich hasse diesen Ort. Mein Vater hat es für meine Mutter gebaut. Zehn Jahre nach ihrem Tod", spottet er. "Er hat nie aufgehört, sie zu lieben. Hat nie aufgehört ..."

"Versucht, sich zu beweisen?"

"Ja", sagt er mit einem freudlosen Lachen in der Stimme. "Ich denke schon."

"Du hattest also eine schwere Kindheit. Das ist nicht ungewöhnlich."

"Was ist mit dir?" Er wendet diesen tiefen Blick zu mir, und ich senke meinen eigenen. Ich möchte in mich zusammenschrumpfen, wie ein Einsiedlerkrebs in einer Muschel. *Sieh mich nicht an.*

Aber er tut es. Es gibt kein Verstecken vor den dunklen Tiefen seines Blicks.

"Erzähl mir etwas über dich, Vesper Smith. Etwas Echtes."

"Wahrheit oder Pflicht?", scherze ich und wünschte, ich könnte es zurücknehmen. Theo liegt auf der Seite, sein dunkler Blick ist auf meine Kurven unter der Decke gerichtet. Und ich bin feucht und bereit, mein Körper wartet nur darauf, dass er den ersten Schritt macht. Zu diesem Zeitpunkt wäre eine Mutprobe sehr, sehr gefährlich.

Ich schlucke. "Ich komme aus einer kleinen Stadt. Bin Einzelkind."

"Eltern?", bohrt er nach, entschlossener als ich ihn je

gesehen habe. Seine sexy Aura ist viel, viel stärker geworden. So nah ist sie überwältigend.

"Nur meine Mutter. Sie hat viel gearbeitet."

"Das hat mein Vater auch."

"Ja, nun, wenigstens hast du keine Essensmarken bekommen." Ich ziehe eine Grimasse an der Decke.

"Also keine Modelkarriere?"

"Nein. Hübsche Mädchen in meiner Stadt landen im Stripclub."

"Was hat dich rausgebracht?"

"Arbeit, Hingabe. Ein bisschen Glück. Ich hatte eine Lehrerin, die an mich glaubte. Sie war die Schulbibliothekarin. Ich habe mich mit ihr angefreundet. Ich dachte, alle Bücher gehörten ihr. Sie war nett zu mir. Sie sagte mir, ich könnte aufs College gehen, und ich glaubte ihr."

"Bist du gegangen?"

"Bachelors und Masters."

"Kluges Mädchen. Stipendien?"

"Und Kredite. Ich habe auch gearbeitet." Ich berühre meine Brille. "Habe ein Praktikum bei einer Fixerin gemacht, die mir alles beigebracht hat, was sie wusste. Und hier bin ich."

"Im Bett mit mir."

"Das kommt nicht in meinen Lebenslauf."

Er lacht, und ich drehe mich zu ihm um. Die Hitze zwischen unseren Körpern ist stark. Elektrizität springt von seiner gebräunten Haut auf meine. Sogar in einem weißen Laken kann ich sie spüren.

Ich lecke mir über die Lippen. "Weißt du, was mich sehr, sehr glücklich machen würde?"

"Ich glaube, ich kann es mir denken." Der Teufel lauert in seinem Grinsen.

Ich halte einen Finger hoch. "Ein Interview. Zur besten Sendezeit. Ich kann einen Anruf tätigen ..."

"Nein." Er rückt von mir weg, nur ein paar Zentimeter, aber ich spüre, wie die Mauer zwischen uns hochgeht.

"Also gut. Wie wäre es damit? Die Kinder, die du heute getroffen hast, die, die morgen zu der Veranstaltung gehen? Gib ihnen ein paar Zimmer. Dir gehört ein Hotel ein paar Blocks entfernt."

Jetzt liegt er auf dem Rücken und starrt an die Decke, und ich lehne mich an ihn.

"Es wäre eine tolle Geste. Es würde ihr Jahr bereichern. Ich verspreche, es nicht an die Presse weiterzugeben. Obwohl, es wäre toll, wenn du erscheinen würdest. Einfach auftauchen, damit sich die Kinder besonders fühlen."

"Ist es wirklich gut für die Kinder, mit mir gesehen zu werden? Mein Ruf ..."

"Du definierst dich nicht über dein Sexleben, obwohl du ziemlich gute Arbeit geleistet hast, alle davon zu überzeugen. Aber ist das alles, was du sein willst? Du bist ein verdammter Milliardär. Ich weiß, es bedeutet dir nicht so viel, weil du hineingeboren wurdest, aber erinnerst du dich an Billy und Kenny? Ihre Mutter arbeitet Doppelschichten als Kellnerin bei *Denny's*. Ihr Vater ist im Knast. Gerade du weißt, wie es ist, wenn ein Elternteil ständig arbeitet und das andere weg ist."

Er zuckt zurück.

"Du könntest etwas in ihrem Leben verändern, wenn du wolltest. Du musst nur über dich hinauswachsen." Ich lasse mich auf den Rücken fallen und beende meine Redeschwall.

Es herrscht eine lange Zeit Stille.

"Ich will dir nicht auf den Sack gehen", füge ich hinzu. "Ich will, dass du erkennst, wie viel Gutes du tun kannst. Es muss nicht dein Partyleben einschränken. Oder das Sexleben."

"Du kannst mir jederzeit auf den Sack gehen."

Ich gebe auf, rolle mich von ihm weg und stelle den Wecker auf meinem Telefon, bevor ich das Licht ausschalte.

Hinter mir bewegt sich Theo und presst seinen Körper gegen meinen, um sich hinter mir zu legen.

Er bewegt seinen Arm und schlingt ihn über der Decke um mich herum.

Mein Körper ist hellwach und hält den Atem an. Ich warte darauf, dass er mich zu sich zieht, mich küsst und alle möglichen unanständigen Dinge tut, die einen Pornostar schockieren würden, von Ms. Mavery ganz zu schweigen.

Aber er tut es nicht, also schlafe ich ein.

* * *

ICH WERDE RUCKARTIG WACH, als mein Telefon wie eine wütende Biene summt.

Ich greife danach und blinzle, um es zu überprüfen. Drei Uhr nachts.

"Musst du das Ding immer anlassen?", fragt Theo. Im Schlaf fädelt er seine Beine durch meine, verschränkt uns miteinander.

Ich schalte das Handy aus und überlasse es Theo, es zu nehmen und beiseite zu legen.

Sein Schwanz tastet mich ab, während ich mich zurücklehne. Er sagt nichts mehr, aber an seiner Atmung kann ich erkennen, dass er hellwach ist.

"Theo?"

"Mmm?"

"Warum will dich deine Großmutter erst jetzt kennenlernen?" Es ist eine unverblümte Frage, aber die Dunkelheit mildert sie ab.

"Das habe ich mich schon immer gefragt", seine Stimme klingt hinter mir gedämpft. "Mein Vater erzählte mir, sie hat ihn verabscheut. Sie hat es gehasst, dass ihre Tochter weggelaufen ist und alles aufgegeben hat, wozu sie erzogen worden war."

Also hat sie ihren eigenen Enkel gemieden? Wie traurig.

"Mein Vater hat gearbeitet, um sich zu beweisen. Hat ein Imperium aufgebaut. Und dann starb er." Bitterkeit durchzieht Theos Tonfall.

"Es tut mir leid. Du verdienst es, eine Familie zu haben." *Du verdienst es, geliebt zu werden.*

Er hält mich fester, und ich finde seine Hand, streichele sein Handgelenk. Seine Finger drücken meine und gleiten dann nach unten.

"Was machst du da?" Seine Hand streicht über meinen Bauch, über mein ausgebeultes T-Shirt, bevor sie unter meine Yogahose rutscht. Ich halte den Atem an, als er meine heiße, pochende Muschi berührt.

"The-"

"Pssst", murmelt er. "Du brauchst das." *Ich brauche das,* höre ich seinen unausgesprochenen Gedanken. Ablenkung von schwierigen Gefühlen durch promiskuitivem Sex. Die Geschichte von Theos Leben.

In diesem Moment ist es mir egal. Seine Finger streichen auf und ab, die leichtesten Berührungen, die ich je gespürt habe. Die Spirale der Erregung zieht sich zusammen. Ich wimmere, und er dringt tiefer ein, lindert den Schmerz, auch wenn er ihn ebenso verschlimmert.

Das ist eine schlechte Idee.

"Nein, ist es nicht", sagt er, und ich merke, dass ich laut gesprochen habe. "Lass los. Lass mich auf dich aufpassen."

Ich entspanne mich, alles bis auf meine Hüften, die sich gegen seine Berührung hin und her wiegen. Sein Zeigefinger findet die Stelle neben meiner Klitoris und schnippt sanft dagegen, bis ich mich unruhig bewege. Die Lust steigt in mir auf und droht mich zu überwältigen. Es ist zu viel. Ich möchte mich zurückziehen. Theo legt sein Bein über meines, fängt mich ein, hält mich still, damit mein Orgasmus mich einholen kann.

Mein Höhepunkt blüht langsam auf, breitet sich in meinem atemlosen Körper aus und blendet meinen Verstand aus. Theo hält die leichten, flatternden Berührungen aufrecht, bis sich meine inneren Muskeln verkrampfen und um mehr betteln.

Ich seufze und sinke weiter an seinen Körper. *Gott in den Laken.*

"Danke", flüstere ich, und er küsst mich auf den Nacken.

"Geh schlafen."

Ich tue es und frage mich, ob ich Theos Schwanz aus der Presse *und* aus meiner Hose heraushalten kann.

* * *

DIE KINDEROLYMPIADE FINDET im Stadion in der Innenstadt statt. Wir verlassen die Villa um acht Uhr morgens, in einem Konvoi von Escalades. Theo hat sich entschieden, mit mir zu fahren. Ich schaue die ganze Zeit stirnrunzelnd auf mein Handy und scrolle durch die Nachrichten, aber ich spüre, dass er mich beobachtet.

Die schmutzigen Details über Pepper Spice, die Mina gestern ausgegraben hat, haben ihre Schuldigkeit getan und die Aufmerksamkeit von Theo abgelenkt. Zwischen seiner zurückhaltenden Aussage (von mir verfasst) und seinem positiven Fototermin im Skatepark, sieht er in den Nachrichten viel besser aus. Die Leute sind bereit, einem reichen, gutaussehenden Kerl seine sexuellen Heldentaten viel schneller zu verzeihen, als sie es bei jedem anderen tun würden.

Sexistisch, aber durchaus wahr.

"Wir sind da", verkündet Evans, als wir vor dem Stadion halten.

"Keine Presse", sagt Theo, als wir reingehen, und ich nicke.

Er nimmt ein kostenloses Freiwilligen-Shirt entgegen, und es juckt mich in den Fingern, mein Handy zu zücken, ein Foto zu schießen und es an meinen Freund bei *Good News, America* zu schicken.

Stattdessen nehme ich auch ein Hemd an und ziehe es mir über.

Der Tag vergeht wie im Flug. Irgendwann ruft mich Evans zu sich, um mir mitzuteilen, dass das *Wall Street Journal* einen Artikel über Theos Vater und Kensington Inc. schreiben will und sie ein Zitat von Theo wollen.

"Sagen Sie ihnen, dass wir uns auf eine Audienz bei der Königin vorbereiten und dass wir bis Freitag etwas für sie haben werden." Ich kann nur hoffen, dass Theo sich bis dahin daran hält, sein Image aufzupolieren. Wenigstens scheint er heute Spaß zu haben. Die Kinder, die ihn umschwirren, stören ihn nicht im Geringsten. Viele Eltern sind auch hier und fragen nach Fotos. Offenbar reicht Theos Skateboarding-Können aus, um ihn bei den Kindern beliebt zu machen, und sein Status als skandalumwitterte Person des öffentlichen Lebens – etwa auf einer Stufe mit den Kardashians - reicht bereits aus, um ihn bei den Erwachsenen zu einer kleinen Berühmtheit zu machen.

Und Theo? Er hängt nur mit den Kindern rum und hat Spaß. Der Bizeps spannt sich, als er eines hochhebt, um einen Slam Dunk zu machen. Tattoos schreien mir entgegen, die unter dem Freiwilligen-Shirt hervorlugen, das er trägt. Sein sexy Lächeln zieht die Yogahosen-tragenden Mütter an wie Fliegen den Honig. Und die Yogahosen dieser Frauen sind hauteng.

"Ich dachte, du machst keine Fotos", schimpfe ich beim Mittagessen mit ihm.

"Ich sagte, keine Presse. Es ist mir egal, wenn die Kinder

Fotos wollen." Er bietet mir seine Wasserflasche an. Ich schüttele den Kopf und er verschließt sie. "Warum, bist du eifersüchtig?"

"Nein."

Er legt einen Arm um mich. Ich stemme mich gegen ihn und versuche, mich zu befreien, aber er ist zu stark. Sein männlicher Duft umweht mich, sexy Rasierwasser gemischt mit dem Geruch von Popcorn, das sie im Stadion verkaufen. Er riecht wie ein Teenager beim ersten Date.

Meine Wangen werden heiß, wenn ich daran denke, wie er mich die ganze Nacht gehalten hat. Und mir dann einen Orgasmus beschert hat.

"Hey", ruft er seinen neuen zehnjährigen Kumpels zu. "Machst du ein Foto von uns?"

"Theo …"

"Lächeln", befiehlt er, also tue ich es.

* * *

THEO LÄSST die Bronx-Kinder von einer Limousine abholen, um sie zum Hotel zu bringen. Sie lächeln alle breit und sind ganz aufgeregt. Mr. White schüttelt Theo die Hand und bedankt sich noch einmal.

"Komm mit", murmelt er und ergreift meine Hand. Elektrizität schießt meinen Arm hinauf, als hätte ich mir den Musikknochen gestoßen. Mein Körper wird von einem nicht ganz unangenehmen Schmerz erfasst.

Auf dem Rücksitz unserer eigenen Limousine lehne ich mich an Theo, lege meinen Kopf auf seine Schulter, bis sich meine Brille in mein Gesicht bohrt. Ich will mich nicht mehr bewegen. Das weiße Freiwilligenhemd betont seine gebräunte Haut perfekt. Ich möchte auf seinen Schoß kriechen und mich an seine Brust kuscheln.

Stattdessen lenke ich mich mit meinem Telefon ab,

checke meine Social-Media-Seiten und, weil ich im Dienst bin, seine öffentlichen Seiten.

"Hey, sieh dir das an", sage ich und zeige ihm die Seite mit seinem Gästebuch.

Sein Haar kitzelt meine Haut, als er sich näher an mich lehnt. Ich räuspere mich und blättere durch all die Bilder, die ihn mit den Kindern zeigen. Da ist eines, auf dem er neben einem süßen Jungen im Rollstuhl kniet. Theos Lächeln bringt mein Herz zum Schmelzen.

"Du bekommst eine Menge toller Kommentare", stelle ich fest.

Theo blinzelt auf den Bildschirm. Bevor ich etwas sagen kann, reißt er mir die Brille vom Gesicht und setzt sie auf seine Nase. Ich öffne den Mund, aber das schwarze Gestell hebt seine Schönheit hervor und für eine Sekunde kann ich nicht atmen. Der Nerd Theo ist verdammt heiß.

Mit gerunzelter Stirn versucht er, auf dem Bildschirm zu lesen, bevor er den Kopf zurückreißt, die Brille abnimmt und sie anstarrt. "Vesper, das ist ..."

"Fake", sage ich und schenke ihm ein verlegenes Grinsen. "Du hast mich erwischt. Brauchst du eine Brille zum Lesen?"

"Ich lese doch gar nicht, schon vergessen?" Er schaut stirnrunzelnd auf die Brille.

"Aber du kannst es. Du willst es nur nicht. Du vermeidest alles, was dich verantwortungsvoll oder klug aussehen lässt."

"Trägst du deshalb die hier?" Er bietet mir meine Brille an. "Findest du, dass du damit schlauer aussiehst?"

"Vielleicht." Ich nehme sie, drehe sie in meinen Händen um. Der schwarze Rahmen. Das klare Glas. Es erscheint mir jetzt alles so dumm. Ich stecke sie zusammen mit meinem Telefon in meine Handtasche.

"Warum sagst du deinem Arzt nicht, dass du eine Brille brauchst?", frage ich Theo. "Oder unterziehst dich einfach einer Laserbehandlung?"

Er rutscht auf dem Sitz von mir weg. "Ich habe es dir gesagt. Ich kann nicht lesen. Ich habe kaum die Highschool bestanden. Bin aus dem College geflogen. Es hat mich nicht interessiert. Was ich nicht verstehe, ist, warum du eine falsche Brille trägst. Du brauchst nichts, was dich klug aussehen lässt."

"Ich habe mich selbst durch das College gebracht", platzte ich heraus. "Ich habe in einer Bar gearbeitet. Ich bekam tolles Trinkgeld."

"Ich bin mir sicher, dass du das bekommen hast."

"Theo ..." Ich wende mich ab. "Ach, nichts."

Er fängt meine Hand. "Nein. Sag es mir."

"Ich habe mein Haar lang gelassen. Ich hatte Angst, es zu schneiden, weil ich dann nicht so viel Aufmerksamkeit bekommen würde. Würde nicht so viel Geld verdienen." Ich merke, dass ich meinen Pferdeschwanz über die Schulter gezogen habe und ihn streichle. Ich halte inne. "Eines Tages kam ein Typ rein. Sehr spendabel. Ich habe mit ihm geflirtet. Er erzählte mir, er besitze einen Club und suche einen neuen Barkeeper. Er bot mir einen Job an."

"Hast du ihn angenommen?"

"Ich bin zu ihm in die großen Stadt gegangen. Er hatte einen Club, nur für Mitglieder – ein Gehalt von zweiundfünfzigtausend im Jahr. Viele Mädchen in winzigen Kleidern waren da und ältere Männer."

"Sugar-Babys mit ihren Sugar-Daddys."

"Ja", ich schlucke schwer. "Das ist es, was die Leute sehen, wenn sie mich anschauen. Lange Beine, blondes Haar. Sie denken, ich könnte ein Model sein oder eine Stripperin oder ..."

"Das ist nicht alles, was sie sehen." Er findet die Brille und schiebt sie zurück auf mein Gesicht. "Nur weil du verdammt heiß bist, heißt das nicht, dass du nicht intelligent bist."

Das ist nicht das, was die Leute sehen.

"Und jetzt sieh mich an. Vesper Smith. Fixer. Du machst die bösen Jungs wieder gut."

"Ich weiß nicht so recht."

"Du veränderst mich", beharrt er. "Und am Ende dieser Woche wirst du die Königin von Schweden treffen."

Ich starre ihn immer noch an. "Du gehst hin?"

Theo zuckt mit den Schultern. "Warum nicht? Sie ist nur ein Mensch."

"Sie ist deine Großmutter."

"Ja, sie war bis jetzt eine fantastische Großmutter."

Ich lege meine Hand auf sein Knie. "Deine Mutter zu verlieren, muss sie sehr verletzt haben."

"Mir tat es auch weh. Mein Vater hat sich nie davon erholt."

Ich warte, aber er sagt nichts mehr. Ich nehme meine Hand von seinem Knie. Ich sollte wahrscheinlich aufhören, ihn so oft zu berühren.

Aber dann legt er seine Hand in meinen Nacken. Zieht langsam das Haarband heraus, streicht mit den Fingern durch mein Haar. Ich schließe genüsslich die Augen.

"Ich mag dein Haar. Obwohl, ich hätte nichts dagegen, wenn du es kürzer tragen würdest."

"Danke schön."

"Du kommst besser mit mir nach Schweden. Du siehst mehr nach schwedischem Königshaus aus als ich."

"Ich weiß nicht so recht." Ich wende mich von ihm ab und schaue aus dem Fenster. Wir sind fast beim Hotel, dem Kronjuwel des Kensington-Portfolios. Zweiundfünfzig Stockwerke hoch, mit einem Blick auf den Central Park.

Wie bin ich hier gelandet? Ich fühle mich wie eine Hochstaplerin.

"Ein Interview", sagt Theo plötzlich.

"Was?" Ich wende meinen Blick vom Park ab.

"Ich werde ein Interview geben. Stelle meine Geschichte richtig. Danach will ich nur noch aus der Presse raus."

"Das kann ich bewerkstelligen." Ich lächle zurück und ziehe mein Telefon heraus, bereit, das Interview zu planen, bevor er seine Meinung ändert.

Mein Google-Alarm pingt. Ich scrolle durch die neuesten Nachrichten.

"Scheiße", sage ich.

"Was?"

"Dein Onkel ist gestorben", teile ich ihm mit, als der Escalade vor dem großen Eingang zum Imperial Manhattan hält. "Glückwunsch, Theo. Du bist jetzt der Kronprinz von Schweden."

KAPITEL 6

Die Tür öffnet sich und ein Sturm aus Paparazzi fegt über uns hinweg. Unzählige Kameras glänzen wie Blitze. Die Presse schreit von allen Seiten.

"Mr. Kensington", brüllt Evans. Männer in schwarzen Anzügen stürmen vor und umzingeln uns. Theo bedeckt mich mit seinem Körper, während wir hineinrennen.

"Es ist überall in den Nachrichten", erzählt Evans.

"Scheiße!" Theo fährt sich mit der Hand durch die Haare. "Ich habe es so satt. Was sollen wir tun?" Er und Evans drehen sich zu mir um.

"Du bist im Moment die berichtenswerteste Person auf dem Planeten. Wenn du dachtest, du wärst vorher berühmt ..." Ich schüttele den Kopf. "Ich werde eine Erklärung herausgeben, in der ich verkünde, dass du mit der Familie trauerst. Wir werden früher nach Schweden abreisen."

"Was ist mit dem Interview?", fragt er.

"Es ist noch Zeit für eins. Ich kann dich morgen in *Good News, America* unterbringen. Zur Hölle, ich kann dich überall auf Sendung bringen, wo wir wollen. Aber ich kenne Reba

Hamilton." Sie ist die Chefmoderatorin. "Sie würde dich gerne interviewen, und sie wird nett sein. Stilvoll."

"Lass mich darüber nachdenken", erwidert Theo.

"Bringen wir Sie an einen sicheren Ort." Evans führt uns zu einem privaten Aufzug. Zweiundfünfzig Stockwerke später treten wir in eine Penthouse-Suite. Schwarze Anzugträger gehen uns voraus und ein paar weitere folgen uns hinein.

"Wir haben die Sicherheitsvorkehrungen verdreifacht. Schweden schickt auch einen Verbindungsmann."

"Muss ich jetzt etwa Schwedisch lernen?", scherzt Theo.

"Vielleicht", antworte ich. "Laut Umfragen bist du da drüben nicht sehr beliebt. Ich nehme an, die Königin wird eine Liste von Anforderungen haben, die du erfüllen musst, bevor du offiziell zum Thronfolger ernannt wirst."

Theo seufzt und fährt sich mit der Hand durch die Haare. Er ist immer noch so schön wie eh und je, aber um seine Augen mit den langen Wimpern sind kleine Linien der Anspannung zu sehen. Seine kräftigen Schultern sacken ein wenig zusammen. "Kann ich etwas Privatsphäre bekommen? Ich würde mich gerne mit meiner Medienberaterin austauschen."

"Alles in Ordnung, Prinz Theo?", frage ich, sobald die Anzugträger und Evans weg sind.

"Nenn mich nicht so."

"Du bevorzugst ,mein Lehnsherr'?"

Er lächelt, schleicht sich vor und plötzlich habe ich den Playboy-Prinzen wieder. "Ich ziehe es vor, ein Gott zu sein."

Ich weiche zurück, aber er kommt näher, bis ich mit dem Rücken an der Wand stehe. Er legt eine Hand über meinen Kopf und lehnt sich vor. "In der Tat, so wirst du mich heute Abend nennen."

"Träum weiter, Skaterboy!" Ich ducke mich unter seinem

Arm hindurch und flüchte. "Also, das Interview. Hast du deine Meinung geändert?"

Er lehnt immer noch an der Wand und starrt ins Leere. "Theo?"

"Geh mit mir Essen." Er richtet sich auf, sieht mich aber immer noch nicht an. Seine Schultern sind leicht gebeugt.

"Was?"

Er sieht mich an, und jeder Muskel in mir verkrampft sich vor Verlangen angesichts der Sehnsucht in seinen Augen. "Geh mit mir Essen, Vesper."

"Warum?", flüstere ich.

"Hattest du heute Spaß bei der Freiwilligenarbeit?"

"Ähm, ich denke schon." Sein Stimmungswandel von sexy zu ernst verursacht mir ein Schleudertrauma. Fast so, als würde der echte Theo versuchen, sich zu befreien und mich gleichzeitig zu verführen.

"Du sahst aus, als ob du Spaß hättest."

"Das hatte ich. Ich meine, die ganzen Leute, die Fotos mit dir wollten, waren nervig."

"Seit wann willst du keine Bilder von mir? Du mochtest nur die heißen Mütter nicht."

"Das waren keine heißen Mütter", platzte ich heraus. "Diese Yogahosen waren viel zu eng."

Er grinst mich an.

"In Ordnung. Ich hatte Spaß."

"Geh mit mir Essen. Du kannst dir einreden, es ist für die Arbeit. Lerne mein wahres Ich kennen."

"Für die Arbeit? Gerade eben hast du noch gesagt, du willst mich in deinem Bett haben."

"Ich will, dass du mich einen Gott nennst. Es muss nicht im Bett sein."

Ich stöhne.

"Hey, du repräsentierst meinen Schwanz genauso wie ich. Du kannst es genauso gut ausprobieren."

"Das ist die seltsamste Unterhaltung, die ich je geführt habe." Ich werfe meine Hände hoch. "Na schön. Du willst mit mir Essen gehen? Mach das Interview morgen."

"Deal", bestätigt er, und ich stelle fest, dass ich ausgetrickst wurde.

Zu spät. Er geht zur Tür und ruft Evans wieder herein. Ich verbringe die nächsten Stunden damit, das Interview für morgen zu bestätigen, ein Statement zu verfassen und es herauszugeben, und Evans und Theo zu befragen.

"Ihr Privatflugzeug ist in Bereitschaft", sagt Evans. "Wir können nach Schweden fliegen, wann immer Sie wünschen."

"Morgen Abend", bestätige ich. "Lass uns nach Stockholm fliegen und uns von dem Jetlag vor der Audienz erholen."

Theo nickt und reibt sich mit einer Hand über das Gesicht. Er hat sein Freiwilligen-Shirt ausgezogen, trägt nun ein Polohemd und Shorts. Evans hat meine Taschen zum Penthouse gebracht, damit ich mich frisch machen kann. Ich ziehe ein Kleid an und lasse meinen Koffer auf mein Zimmer bringen, in der Hoffnung, dass es weit weg von Theos Zimmer ist. Ein paar Stockwerke entfernt oder besser noch, auf der anderen Straßenseite. Oder auf dem Land.

Seit wir nebeneinandersitzen und zusammenarbeiten, ist die Anziehung nur noch größer geworden. Wir sind beide müde. Nicht gut für die Selbstbeherrschung.

Ich stehe auf und strecke mich, ignoriere, wie Theos Augen über mich wandern. "Eins nach dem anderen. Konzentrieren wir uns auf das Interview. Reba hat mir eine Liste mit vorläufigen Fragen geschickt, an denen wir arbeiten können. Sie wird höflich sein, aber sie wird sich nicht zurückhalten. Wir müssen üben."

"In Ordnung", sagt Theo und springt auf. "Aber erst das Abendessen." Er ergreift meine Hand und zieht mich zur Tür. "Wenn etwas sein sollte, Evans, wir sind am Pool." Evans' Stirnrunzeln folgt uns, aber ich kann nichts dagegen tun.

* * *

DER POOL IST auf dem Dach, eine schillernde Oase, komplett mit Palmen und ein paar Springbrunnen ausgestattet. Ich habe mich nicht wirklich darum bemüht, Theos Griff zu entkommen - ein Deal ist ein Deal -, aber als wir die luxuriöse Fläche betreten, mit dem Himmel über uns, reiße ich meine Hand weg.

"Ich muss einen Anruf machen", erkläre ich ihm.

"Kein Problem." Theo wirft mir ein paar Stofffetzen zu, die angeblich einen Badeanzug darstellen sollen. "Mach dein Ding, dann zieh das an."

Ich seufze und wende mich ab.

"Was ist los?" Mina antwortet nach dem ersten Klingeln.

"Wie läuft's?"

"Sieht gut aus hier. Ich habe ein paar schnelle Umfragen gemacht. Die US-Bevölkerung liebt die Prinzen-Sache. Sie scheinen größtenteils amüsiert über den ganzen Pepper-Spice-Skandal zu sein. Ich bin mir allerdings nicht sicher, was den Vorstand angeht - da muss man wohl zu Kreuze kriechen."

"Wir sind dabei. Das Interview morgen wird helfen."

"Wie geht es Prinz Charming?"

"Immer noch ein herrschsüchtiges Arschloch." Ich ziehe eine Grimasse über den Bikini, den ich in der Hand halte.

"Das habe ich gehört", ruft Theo von der Bar, wo er sich gerade einen Drink einschenkt.

Mina kichert. "Er ist bei dir?"

Ich seufze. "Wir wollen zu Abend essen."

"Aber hallo! Da wird wohl jemand königlich gefickt werden."

"Nein", schnaube ich. "Wir arbeiten. Üben für das Interview morgen. Das war die einzige Möglichkeit, ihn dazu zu bringen."

"Sag dir das ruhig immer wieder. Für mich klingt es nach einem Date."

"Es ist keine Verabredung -"

"Doch, das ist es", ruft Theo von der anderen Seite des Pools. Er sitzt jetzt an einem kleinen Tisch, der für zwei Personen gedeckt ist.

Mina kichert und ich rolle mit den Augen. "Ich muss los."

Als ich aus der Umkleidekabine zurückkomme, den Bikini unter dem Kleid an Ort und Stelle, ist das Essen bereits serviert. Theo steht auf und hilft mir in meinen Stuhl, der perfekte Gentleman.

Der Ort wirkt verlassen. Entweder ist hier kein Hotelgast vorbeigekommen, oder Theo hat dafür gesorgt, dass wir ungestört sind. Ich vermute Letzteres.

Theo hebt den Deckel von meinem Teller und der köstliche Geruch schlägt mir ins Gesicht. Mein Magen knurrt. Wir stürzen uns auf das Essen.

"Das war lecker", sage ich, nachdem ich meinen Teller leergeräumt habe. Den ganzen Tag ehrenamtlich mitanzupacken, ist harte Arbeit. "Wann hat dein Vater dieses Hotel gebaut?"

"Das ist das Hotel, in dem sich meine Eltern kennengelernt haben."

"Ernsthaft?"

Er nickt. Er war während des Essens ziemlich still, ernst und grüblerisch. Vielleicht ist das der Grund.

"Du redest nie über deine Eltern."

"Ich habe sie nicht wirklich gekannt." Theo taucht eine Tigergarnele in die Soße und hält sie mir an den Mund. "Aufmachen."

Ich halte meinen Mund zu.

"Bist du allergisch?"

"Nein."

"Dann vertrau mir."

Ich lasse mich von ihm füttern. "Oh mein Gott", stöhne ich. "Scheiße, ist das gut."

"Du hast ein ziemlich schmutziges Mundwerk für ein braves Mädchen", stellt er fest. "Ich mag das."

"Und du bist einfach nur schmutzig." Ich schlinge mehr Shrimps hinunter. Normalerweise bin ich vorsichtig, was das Essen angeht, aber heute Abend ist alles sehr surreal. Ich befinde mich auf dem Gipfel der Welt und esse mit einem Prinzen.

Nicht einem Prinzen. Einem Gott.

Ich muss grinsen.

Theo hebt eine Augenbraue. "Ich werde dafür sorgen, dass du dich mit dem Wein zurückhältst."

"Ich hätte gedacht, du würdest mich betrunken machen, damit ich in deinem Bett lande."

"Das wäre Betrug", sagt er. "Ich bin ein Gentleman."

"Ja, das bist du tatsächlich", entgegne ich und versuche, nicht überrascht zu klingen. "Du bist ein Gentleman."

"Ich lasse die Dame immer zuerst kommen", fährt er fort.

Ich stöhne. "Es war alles perfekt. Die schöne Umgebung, das Essen, das Anbehalten deines Hemdes ..."

"Was ist falsch daran, wenn ich mein Hemd ausziehe?"

Ich presse meine Hand an meine Stirn. "Muss ich das beantworten?"

"Nein", sagt er und steht auf. Mit übertriebener Langsamkeit zieht er sein Hemd aus. Ich halte den Atem an, als das Panther-Tattoo zum Vorschein kommt. Meine Geschlechtsteile schnurren.

"Komm schon", fordert er mich heraus und lächelt wie eine Katze vor einem Sahnetopf. "Du musst zugeben, das steht mir gut."

Es ist so. Das ist wirklich es.

"Kein Kommentar", sage ich, neige den Kopf zur Seite und studiere sein Panther-Tattoo.

Er nimmt meine Hand und zieht mich vom Tisch zum Beckenrand.

"Komm! Es ist Zeit, nass zu werden. Es sei denn, du bist es schon?"

"Kein Kommentar", lache ich und schlüpfe aus meinem Kleid, werfe meine Hemmungen zusammen mit meiner Kleidung ab. Ich bin ganz oben auf dem Weltgipfel und es ist mir egal, was andere denken. Will Theo sein ganzes Leben so leben? Es ist befreiend.

"Du bist wunderschön", sagt Theo zu mir.

"Ich weiß." Ich gehe an ihm vorbei und gleite ins Wasser.

Er folgt mir und wir schwimmen im Kreis umeinander, in immer enger werdenden Schleifen, bis wir nahe genug sind, um uns zu berühren.

"Warum bin ich in deiner Gegenwart immer halbnackt?"

"Du warst letzte Nacht nicht halbnackt."

"Das war ein Glücksfall." Ich werfe ihm einen Miss-Mavery-Blick zu, obwohl ich meine Brille nicht trage. "Du warst sehr, sehr unartig."

"Und du warst sehr, sehr gut. Aber ich vermute, dass das gute Mädchen nur ein Trugbild ist. Komm schon, Vesper." Er fängt meine Hand, zieht mich ein wenig näher, bevor ich mich losreiße. "Komm, sei böse zu mir."

Das Verlangen durchzuckt mich bei seiner Berührung.

Scheiß drauf.

"Ich bin schon böse. Ein Date mit meinem Boss. Schlechte Idee."

"Ich bin nicht dein Boss. Ich habe dich gefeuert, schon vergessen?"

"Das ist richtig. Das hast du. Du warst und bist ein vollendetes Arschloch. Warum sollte ich also noch mal mit dir ausgehen wollen?"

"Weil", er drängt in meinen persönlichen Bereich und legt

seine Hände auf meine Hüften. "Ich habe dich nur gefeuert, damit ich *das* tun kann."

Er wird mich küssen. Im letzten Moment drehe ich meinen Kopf und lasse zu, dass er mit seinen Lippen über meine Schulter streicht. Ich erschaudere, als er meinen Hals hinaufküsst.

"Das kannst du gut", sage ich ihm, als er den Kopf hebt. "Viel Übung?"

"Nicht so sehr, wie du wahrscheinlich annimmst", entgegnet er.

Ich ziehe eine Augenbraue hoch.

Er weicht zurück und fährt sich nervös mit der Hand durchs Haar. "Scheiße, Vesper. Ich weiß, ich bin ein Aufreißer, aber es ist nicht so schlimm, wie es aussieht."

"Entspann dich", antworte ich. "Ich urteile nicht. Ich habe schon mit vielen Typen geschlafen." *Wenn du nur wüsstest.*

"Und ich weiß, ich war ein Idiot zu dir am Anfang. Ich entschuldige mich dafür."

"Entschuldigung angenommen. In der Grundschule haben die Jungs mit Steinen geworfen, wenn sie mich mochten. Mit frechem Verhalten kann ich umgehen. Obwohl ... ich sollte dir ein Geheimnis verraten", lehne ich mich flüsternd vor. "Ich fühle mich irgendwie zu Idioten hingezogen."

"So wie jetzt vielleicht? Nun, ich will dir gefallen." Seine Hände legen sich wieder auf meine Hüften. "Weißt du, wann ich mich zum ersten Mal zu dir hingezogen fühlte?", fragt er.

"Auf den Stufen deines Hauses?"

"Ich meine, wann ich mich wirklich zu dir hingezogen fühlte. Zu der echten Vesper Smith, nicht nur zu deinen langen Beinen und den blonden Haaren."

Ich will ihm eine Ohrfeige geben, weil er das, was ich ihm vorhin anvertraut habe, nachplappert, aber er fängt meine Arme ab und legt sie um seinen Hals. Ich drücke meine Brüste an ihn, und es fühlt sich so gut an. So richtig.

"Das erste Mal, dass du dich zu mir hingezogen fühltest?",
hake ich nach.

"Als du allen erzählt hast, dass mein Name auf Griechisch
‚Gott‘ bedeutet."

"Danach hast du mich einen Nerd genannt, damit alle
über mich lachen."

Er zuckt zusammen. "Nicht mein bester Moment."

"Nein, aber ich vergebe dir." Ich liege beschwingt in Theos
Armen. Meine Füße berühren noch immer den Boden des
Schwimmbeckens, nur ganz knapp. Wir tanzen im Wasser,
wiegen uns hin und her, drehen uns langsam im Pool. Alles
an Theo lässt mich jung und schwindlig fühlen. Wie bei einer
ersten Verliebtheit, und als wäre ich wirklich noch eine Jungfrau. Vielleicht ist das seine Gabe. Er gibt dir das Gefühl,
ganz neu zu sein.

"Du bist dran", sagt er. "Erzähl mir, wann du mich das
erste Mal gesehen hast, mein wahres Ich."

"Im Skatepark", erwidere ich sofort. "Durch die Art, wie
du mit den Kindern gesprochen hast. Du hast sie wie Gleich-
berechtigte behandelt."

Theo zieht mich tiefer in den Pool.

Er löst meinen Pferdeschwanz und mein Haar breitet sich
aus wie ein goldener Wasserfall.

"Woraufhin ich dich angeschrien habe. Ich bin wirklich
ein Arschloch."

"Nein. Du hast diese Kinder und auch dich selbst
beschützt. Du bist ein guter Kerl."

"Nein, bin ich nicht. Ich bin böse. Sehr, sehr böse."

"Wie böse?"

Er hebt mich hoch. Meine Beine schlingen sich automatisch um seine Hüften. Ich bin bereit, meine Muschi an
diesen Waschbrettbäuchen hoch und runter gleiten zu lassen.

Dann zerrt er mich von sich und wirft mich ins Wasser.

"Du Penner", schreie ich, als ich nach Luft schnappe.

"Ich bin sehr, sehr böse", grinst er.

Ich schwimme und tue so, als würde ich mit ihm kämpfen. Er ist zu groß und zu stark und ringt mit mir, bis mein Rücken an seiner Vorderseite ist.

"Lass mich los", fordere ich ihn auf und versuche, ihn mit dem Ellenbogen zu treffen, doch er hält mich fest.

"Sag das Zauberwort."

"Bitte."

"Das ist nicht das Zauberwort." Seine Lippen finden meinen Puls und er küsst und leckt, bevor er hart genug saugt, um einen Knutschfleck zu hinterlassen.

"Argh", strample ich, versuche, ihm auf den Fuß zu treten, doch er hebt mich nur an und trägt mich problemlos ins seichte Wasser. Ich keuche. Mein Bikinioberteil droht sich zu lösen. Ich erzähle ihm das und sein tiefes, vibrierendes Lachen bringt mich fast zum Kommen.

Er hält meine Hände verschränkt vor mir. Beugt mich ein wenig vor. Seine Waffe stößt zwischen meine Beine.

"Flehe mich an, dich zu ficken."

Sein Schwanz gleitet an den Falten meiner Muschi entlang, und der Bikini tut nichts, um mich zu schützen. Kleine Funken der Lust steigen in mir auf.

"Bitte", flüstere ich stattdessen.

"Du wirst heute Nacht viel betteln", verspricht er und fährt mit seiner Zunge an meinem Ohr entlang.

Er lässt mich los, aber die Dinge zwischen uns haben sich verändert, wir umkreisen einander wie Mond und Sonne, unfähig, der Anziehungskraft zu widerstehen.

Auf seinen tätowierten Schultern perlen Wassertropfen ab. Ich möchte sie ablecken. Stattdessen streiche ich mit der Hand über den geballten Muskel.

Er nimmt mich wieder in seine Arme. Ich gleite mit dem Daumen über seine perfekten Lippen, spüre, wie sein Schwanz gegen meinen Bauch drückt.

"Jeder hat Geheimnisse", flüstere ich. "Jeder hat eine dunkle Seite. Aber du nicht. Du trägst deine Sünden auf deiner nackten Haut. Dein Geheimnis, deine dunkle Seite ist, dass du ein guter Kerl bist. Wie ist es so, so zu leben? Völlig ehrlich?"

"V", flüstert er. Aber ich erfahre nie, was er sagen wollte, denn als ich mein Gesicht zu seinem neige, küsst er mich.

Theo weiß, was er mit seinen Lippen und seiner Zunge zu tun hat. Ich verliere mich in ihm.

Er trägt mich aus dem Pool, am Tisch vorbei, in die Halle, wo er mich lange genug absetzt, um ein weißes Handtuch zu nehmen und es um mich zu wickeln.

Meine Arme sind um seinen Hals geschlungen, und ich lasse ihn nicht los.

"Theo-"

"Bett. Jetzt." Er hebt mich wieder hoch und geht zurück zum Penthouse.

Wir schaffen es bis in die Halle.

Meine Haut ist kalt vom Wasser, und ich muss mich an ihm reiben. Sein Körper wärmt mich und entflammt mich. Ich küsse ihn heftig, umfasse sein Gesicht, um ihn ruhig zu halten.

Er hebt mich hoch und drückt mich an die Wand.

Meine Muschi pocht wie ein zweiter Herzschlag, sie schlägt mit einem Rhythmus, der ihm gehört. Nur ihm.

Seine Finger finden meine Falten und gleiten auf und ab, verteilen meine Nässe über meinen Schlitz.

"Kondom", keuche ich, bevor ich völlig den Verstand verliere.

Er nickt abwesend, setzt mich ab und lässt sich auf die Knie fallen.

Sein Mund bedeckt meine Schamlippen, warm und schockierend. Seine Lippen und seine Zunge wiederholen ihre geschickte Tätigkeit. Offenbar war das Küssen meines

Mundes nur eine Übung. Er hat den Mund an meiner Muschi festgesaugt, und er macht mit mir rum, als ob er es ernst mit mir meint. Seine Hände stützen meinen Po, und als seine Zunge in mich eindringt, krabbeln meine Schultern praktisch die Wand hoch.

"Oh Gott", stöhne ich und werfe den Kopf zurück. "Oh Gott."

Theo fickt mich mit der Zunge zum Orgasmus, während ich an der Wand klebe und mich an seinen dunklen Haaren festhalte, als ob mein Leben davon abhinge.

Als er mich herunterlässt, rutsche ich an der Wand ab. Er fängt mich in seinen Armen auf und steuert auf den Aufzug zu. Das intensive Knutschen macht Spaß und ist ein harmloses Spiel, bis sich die Türen mit einem "Ping" öffnen, und ich merke, dass wir fast in seinem Penthouse sind.

Ich drücke meinen Kopf an seine Brust. "Die Sicherheitskräfte. Verdammt. Ich kann nicht zulassen, dass Evans mich so sieht."

"Entspann dich, Baby. Ich habe die oberste Etage geräumt. Hier oben ist niemand", bestätigt er meine Vermutung. Er öffnet einhändig die Tür und trägt mich hinein. "Ich will dich in jedem Gang, auf jeder Oberfläche, in jedem Zimmer dieses Ortes nehmen. Ich brenne darauf, in dir zu sein, seit du in dem lächerlichen Anzug aufgetaucht bist und dann wie das heißeste Kätzchen im Bikini zum Pool stolziert bist und mich in meine Schranken gewiesen hast."

Ich lache, und mir ist schwindlig.

"Du bist ein böses Mädchen, Vesper. Führst mich in Versuchung. Neckst mich."

Er setzt mich ab. "Leg dich auf das Bett."

Ich beuge mich darüber und wackele mit meinen in den dürftigen Bikini bekleideten Hintern in seine Richtung.

Er schlägt hart zu.

"Hoch mit dir."

Ich krabble auf allen Vieren darauf und wiege meinen Hintern in der Luft. "So?"

"Ja. Und jetzt bleib so." Er schält den nassen Stoff meines Bikinis herunter und saugt seinen Mund zwischen meine Pobacken. Ich quieke, als er mich küsst. Zu heiß. Zu schmutzig. Zu intensiv.

"Fühlst du dich gut?", fragt er.

"Nein", protestiere ich, und er beweist mir das Gegenteil, als er es wieder tut und dabei meine feuchten Falten streichelt.

Diesmal protestiere ich, als er sich zurückzieht.

"Das gehört heute Abend mir. Er packt meine rechte Backe und drückt sie zusammen, bevor er sie wieder hart schlägt. "Ich werde dich ficken, wie ich will. Und Vesper? Ich will alles."

Erregung kocht in mir hoch. Die Lust breitet sich bereits in meinen Brustwarzen, meiner Muschi, meinem Hintern aus, wo er mich versohlt hat.

"Nimm die Hand zwischen die Beine. Spiel an dir rum."

Ich beuge mich vor, spreize meine Knie, gebe ihm eine Show. Mein Orgasmus tanzt gerade außerhalb der Reichweite. Ich jage ihm mit meinen Fingern nach, keuchend, windend. Meine Brüste befreien sich aus dem Bikinioberteil. Ich wölbe mich weiter, lasse meine Brustwarzen gegen das Bett scheuern.

"Stopp", befiehlt er. Seine Zunge umrandet wieder mein Arschloch. Die reinste Lust rauscht durch mich hindurch, tabulos und perfekt. So richtig. So, so richtig. So sehr, sehr falsch.

Ein Zittern erfasst mich, ein Vorgeschmack auf die Ekstase. Ich stöhne, laut und leise.

"Fuck." Er versohlt mir wieder den Hintern. "Du bist so ein schmutziges Mädchen. Fass dich weiter an, aber komm nicht."

Mein ganzer Körper bebt, während ich mich mit der Hand ficke.

"Nicht kommen", warnt er, während meine Beine zu zittern beginnen. Seine Worte treiben mich weiter. "Bettle mich an."

"Bitte."

"Nein", er zieht meine Hand weg. "Ich will dich verzweifelt. Du kommst nur, wenn ich heute Nacht in dir drin bin."

Ich zittere vor Verlangen und folge ihm, als er an meinen Haaren zieht. Er dirigiert mich herum, wo er auf dem Bett kniet, sein Schwanz wippt bereits vor meinem Gesicht.

"Ja", hauche ich, bevor ich mich nach vorne stürze, um ihn zu verschlingen. Ich lecke mit der Zunge die Ader an der Unterseite seines Schwanzes, während mein Mund stöhnend seine köstliche Länge umschließt. Er greift in mein Haar und kontrolliert mich. Ich liebe es verdammt noch mal.

Er ist nah dran, als er mich von seinem Schwanz wegführt. "Nicht in deinen Mund." Er bringt mich auf den Rücken in Position, spreizt meine Knie weit.

Er hakt meine Beine in der Ellenbeuge ein und stößt in mich. Ein Stoß, und er steckt bis zu den Eiern drin. Aufs höchste erregt, bin ich bereit für ihn und doch schreie ich bei diesem köstlichen Gefühl auf. Sein Schwanz ist lang genug, um die Rückseite meiner Gebärmutter zu treffen und dick genug, um all die empfindsamen Stellen dazwischen zu reiben.

Er gleitet heraus, fast komplett, und wartet einen Wimpernschlag, bevor er wieder in mich stößt. Mit Wucht trifft er auf meine Klitoris und bringt sie zum Schnurren. Ich schreie vor freudiger Überraschung auf und halte mich an seinen Schultern fest, als ob mein Leben davon abhängen würde, als er es immer wieder tut, herauszieht und zustößt. Nur noch einmal, und dann explodiert mein Orgasmus wie eine Bombe.

Theo stützt meine Beine über seinen Schultern ab, während er kraftvoll in mich eindringt. Er zerrt mich wieder an den Rand des Orgasmus. Ich kralle mich in seine Arme, und er knurrt wie ein Tier.

Es ist roh und brutal und wunderschön.

"Fass dich an", fordert er.

Ich schiebe meine Hand zwischen uns und finde meinen Kitzler, aber er ist zu empfindlich, und ich sage es ihm.

Er packt meine Knöchel und hält meine Beine gerade hoch, während er weiterstößt.

"Sieh mich an. Ich ficke dich hart. Willst du mein Sperma?"

"Ja, verdammt, ja."

"Ja? Spiel mit deinen Brüsten. Liefer mir eine gute Show ab, Vesper. Sei mein böses Mädchen."

Ich umfasse meine Brüste und kneife in meine Brustwarzen. "Ich will dich", hauche ich. "Ich will, dass du abspritzt."

"Du bist so ein böses Mädchen."

"Ich bin so schlecht. So sehr, sehr böse."

Meine Muschi spannt sich durch einen bevorstehenden Orgasmus an. Er explodiert um mich herum und erwischt mich unvorbereitet. Meine inneren Muskeln pressen sich wie eine Faust um seinen Schwanz.

"Oh, heilige Scheiße." Er fällt nach vorn auf seine Arme, bockt und schaudert, während er abspritzt.

Ich ziehe ihn zu mir, während er nach Luft schnappt. Ehe ich mich versehe, zieht er sich zurück und bewegt mich wieder, indem er mich auf alle Viere positioniert.

"Schon wieder?", frage ich überrascht, als Theo mit seinem steifen Schwanz wie ein Speer auf mich zusteuert.

"Schon wieder."

* * *

DREI RUNDEN später liege ich schlaff zusammengerollt auf der Bettdecke. Theo senkt mein Bein von dort, wo er es abgestützt hat, um mich von hinten zu nehmen. Er erhebt sich, um sich um das Kondom zu kümmern. Als er zurück-kommt, schmiegt er sich an mich und küsst meinen Nacken.

"Sie hatte recht", murmele ich. "Du bist ein Gott."

Er grinst.

"Macht mich das zu einer Göttin?"

"Oh ja", er zieht mich weiter in seine Arme. "Ich werde dir einen Tempel bauen und dich jeden Tag anbeten."

"Mmmm", schnurre ich. "Weißt du, dein Haus ist eine echte griechische Neuinszenierung."

Er schüttelt sich. "Mein Vater. Er sammelte das klassische Zeug. Anscheinend mochte Mom es. Erinnerte sie an zu Hause."

"Ich kann nicht glauben, dass du der Kronprinz von Schweden bist."

"Ich kann es selbst nicht glauben. Ich will einfach ein normaler Kerl sein, weißt du."

Ich drehe mich um und küsse ihn. "Du hast mich gerade dreimal hintereinander gefickt und mich jedes Mal zum Kommen gebracht. Wir haben das normale Territorium bereits überschritten. Du bist wirklich ein Gott."

Wir dösen ein wenig, als mich ein knallendes Geräusch draußen zum Aufstehen bewegt.

"Was ist das?"

"Eine Überraschung. Komm."

Als er mich zurück zum Pool führt, reiße ich mich fast los, aber der Anblick des Feuerwerks, das über dem Park explodiert, lässt mich zum Geländer eilen. "Oh mein Gott." Die pfeifenden Raketen fliegen hoch und zerplatzen in einem bunten Funkenregen in die Nacht.

"Du warst das?" Ich drehe mich zu ihm um. "Für mich?"

Er zuckt mit den Schultern.

Ich weiß nicht, was ich sagen soll. Soweit ich weiß, hat er noch nie so eine Nummer abgezogen, um ein Mädchen ins Bett zu kriegen. Nicht, dass er das müsste.

"Danke schön."

Wir stehen und beobachten sie gemeinsam, ich lehne mich zurück an Theo. Das Laken senkt sich skandalös tief. Es ist mir egal. Als das große Finale beginnt, drehe ich mich um, drücke meine nackten Brüste an seinen Körper und küsse ihn.

* * *

AM MORGEN FINDEN wir uns in seinem Penthouse wieder, die Beine ineinander verschlungen.

Er wacht auf und lächelt mich an. Ich greife fast nach meiner Brille, aber mir wird klar, dass ich sie nicht habe. "Hey."

"Hey", sagt er, als ich aus dem Bett klettere. Ich will nicht gehen. Der verschlafene Theo, der im Morgenlicht blinzelt, ist hinreißend.

"Komm zurück ins Bett", stöhnt er und versucht, meinen Arm zu fangen. Ich springe aus dem Weg.

"Ich kann nicht. Du hast heute ein Interview. Wir müssen uns fertig machen."

"Ich will mich nicht fertig machen. Ich möchte ficken."

"Steig jetzt aus dem Bett, und du darfst mich unter der Dusche vögeln."

Ich bin auf halbem Weg zum Badezimmer, als er mich praktisch umrennt, über seine Schulter wirft und meinen Aufschrei mit einem Klaps auf meinen Hintern zum Schweigen bringt.

Unter der Dusche gleitet er mit seinen Händen über meinen Körper, der glitschig von Seife ist. Er dreht mich um und hebt mein Bein auf den Wannenrand, um sich in mich hineinzuschieben.

"Die sind so schön", haucht er mir ins Ohr und streichelt meine Brüste. "Ich will auf ihnen abspritzen. Ich will, dass du mein Sperma den ganzen Tag unter deinem Business-Anzug trägst."

"Mmm." Ich greife nach hinten und halte mich an seinem Hals fest, während er mich ausfüllt.

Seine Zähne finden meine Schulter, und er knabbert dran. Ich schreie auf, und er beruhigt die Stelle mit seiner Zunge.

"Es tut mir leid, Baby. Ich will dich überall markieren. Ich will, dass jeder weiß, dass du mir gehörst."

Das war's. Ich ziehe mich um seinen Schwanz herum, die Handflächen auf die Kacheln gepresst, während mein Stöhnen durch das Bad hallt.

* * *

"DA IST SIE JA. In ihrem Anzug", murmelt Theo, als ich angekleidet herauskomme, um den Tag in Angriff zu nehmen. Ich habe die letzten zehn Minuten damit verbracht, den Knutschfleck, den er mir verpasst hat, zu überschminken.

"Du", zeige ich auf ihn, "bist sehr, sehr böse."

"Ich?" Er klimpert ganz unschuldig mit seinen langen Wimpern. "Ich wurde verführt von einem sehr bösen ..."

Ich schmiege mich an seine Brust und küsse ihn.

"Was war das?", frage ich, nachdem ich mich losgerissen habe.

"Kein Kommentar."

"Guter Junge. Ich muss mich bei Evans melden. Ich treffe dich hier in einer Stunde. Okay?" Ich halte an der Tür inne. "Nicht weglaufen. Keine Spritztour mit einem heißen

Schlitten durch Manhattan. Und, um Himmels willen, behalte dein Hemd an."

"Wenn ich mich dranhalte, was ist dann für mich drin?"

"Ich lasse dich auf mir abspritzen. Während ich den Anzug trage." Ich posiere vor der Tür. Seine Augen leuchten.

"Und Theo? Wenn du wirklich, wirklich brav bist ... werde ich dabei die Brille tragen."

Ich gehe zu der Suite, die Evans als Büro requiriert hat. Der Sicherheitschef stolziert herbei, als ich eintrete und ragt drohend über mir.

"Alles gut? Ich hatte noch keine Zeit, mein Telefon zu checken -" Ich höre auf zu reden, als ich sein Gesicht sehe.

"Ich habe Sie eingestellt, um das Problem zu lösen. Nicht, um es schlimmer zu machen." Er wirft mir einen Stapel Unterlagen hin. Sie fallen mit einem schweren, peitschenden Geräusch herunter, das ist ja gar kein Papier. Riesige Hochglanzfotos. Von Theo. Von mir. Am Pool, am Geländer. Der Kuss im Licht des Feuerwerks. Theos Arme sind um mich geschlungen, aber es ist offensichtlich, dass ich kein Shirt trage.

Scheiße.

"Es ist überall in den Nachrichten. Theo wurde mit heruntergelassenen Hosen erwischt, schon wieder. Das ist noch nicht alles." Sein Gesicht ist so rot, dass es fast lila wirkt. "Man behauptet auch, dass Sie als Hostess gearbeitet haben. Dass Sie das während der gesamten Collegezeit gemacht haben."

"Was?", flüstere ich, sammle die Fotos ein und halte sie mir an die Brust. Es ist eine sehr zerbrechliche Rüstung.

"Ist das wahr? Wer zum Teufel sind Sie, Vesper Smith?"

"Ich kann das in Ordnung bringen", sage ich zittrig. Ich will mir die Brille ins Gesicht schieben, aber sie ist weg.

"Ich will nichts davon hören. Sie sind verdammt noch mal gefeuert."

"Es tut mir leid ..."

"Raus!", zischt Evans. "Nehmen Sie Ihre Sachen und verschwinden."

* * *

DER WEG zurück zu Theos Zimmer ist der längste meines Lebens. Mein Telefon bebt vor Google-Benachrichtigungen. "Kronprinz mit Escort-Dame erwischt." Das Szenario spielt sich ab, wiederauferstanden aus meinen Albträumen. Alles, was ich versucht habe, war, es in Ordnung zu bringen. Alles, was ich versucht habe, war, es zu verstecken. Draußen in der Öffentlichkeit.

Selbst als ich ein Escort war, habe ich mich nie so geschämt. Damals war ich so fokussiert. Jeder Kunde brachte mich dem Ziel näher, eine College-Absolventin zu werden. Eine Geschäftsfrau. Jemand, auf den Ms. Mavery stolz sein würde.

Ich bekam meinen Abschluss und die Kontakte, um meine Karriere zu starten, aber es kam mit einem hohen Preis. Ich dachte, ich hätte ihn bereits bezahlt.

Es stellte sich heraus, dass ich immer noch Schulden hatte, und diesmal würde es mich alles kosten, was ich mir aufgebaut hatte. Aber wenn ich sehr, sehr viel Glück hatte, würde es mich nicht den Mann kosten, in den ich mich verliebt hatte.

Ich öffne die Tür zum Penthouse und gehe hinein, ohne wirklich etwas zu sehen. "Theo, ich ..."

Bei einem kichernden Geräusch halte ich inne. Theo steht da mit Blondie. Sie ist in einen engen grauen Rock, eine Bluse und eine Jacke gekleidet und lacht, während sie Theos Hemdkragen zurechtrückt.

Lange Beine, blondes Haar. Grauer Anzug.

Ich schätze, ich bin soeben ersetzt worden.

"Vesper?", sagt Theo. Die Blondine will ihn berühren, und er zuckt zurück.

Ein bisschen zu spät. "Was ist los?"

"Willst du mich verarschen?", platzt es aus mir heraus.

Blondie grinst mich an. "Theo", sie greift nach ihm, und obwohl er sie wegstößt, dreht sich mein Magen bei diesen Anzeichen von Verrat um.

"Schon gut. Es tut mir leid. Es tut mir leid, dass ich gestört habe. Es tut mir leid - das alles." Ich drehe mich zur Tür. Diesmal sehe ich den Weg nicht klar, weil sich meine Sicht mit Tränen füllt.

"Vesper", ruft Theo dieses Mal, aber ich nehme mein Tempo wieder auf und fliehe.

"Es tut mir so leid", sagt Mina, das Bedauern in ihrer Stimme ist sogar durch das Telefon deutlich zu hören. "Ich dachte, ich hätte es tief genug vergraben."

"Es ist okay. Geheimnisse kommen immer ans Licht", entgegne ich müde. Diesen Satz sage ich immer meinen Kunden, und er kommt mir mittlerweile zu den Ohren heraus. "Ich frage mich, wer geredet hat." Ich werfe meine Sachen in den Koffer.

"Ich habe etwas nachgeforscht. Gerüchten zufolge ist einer von Theos Begleiterinnen auch ein Escort."

"Natürlich. Verraten von einer meiner eigenen Sorte."

"Du bist nicht -" Mina macht ein frustriertes Geräusch. "Hör zu, du warst eine Begleitung. Und? Das ist völlig legal."

"Was ich in Hotelzimmern gemacht habe, war es nicht", halte ich dagegen.

"Das hat dich durch die Schule gebracht", fährt sie fort. Mina ist niemand, der seine Sturheit ablegt. "Das ist nichts, wofür man sich schämen muss."

"Tja, und trotzdem steh ich jetzt hier", entgegne ich müde.

"Beschämt und allein. Der erste Kerl, den ich seit Jahren mochte, und ich habe es ruiniert."

Mina erwidert nichts. Ich höre, wie sie darum ringt, etwas Nettes zu sagen, doch dann gibt sie auf. "Scheiße."

"Ja." Ich werfe die letzten Sachen in meinen Koffer und schließe ihn. Das Hotelzimmer ist in einem tadellosen Zustand. Sobald ich abreise, wird es so sein, als wäre ich nie hier gewesen.

Der Knutschfleck an meinem Hals pocht. *Ich will dich markieren.* Und er hat es getan. Meine Muschi schmerzt immer noch seinetwegen.

Oh Vesper, du hast ein Händchen für so was.

"Scheiße", wiederholt Mina.

"Ich weiß, ich habe wirklich alles versaut ..."

"Nein, das nicht. Ich meine, ja, hast du, aber ..."

"Cool, danke. Wenn du mich das nächste Mal aufmuntern willst, dann lass es einfach ..."

"Er ist im Fernsehen", unterbricht Mina.

"Was?"

"Er steht vor dem Hotel und spricht mit der Presse." Sie quiekt. "Oh mein Gott! Das musst du sehen. Kanal 108."

Ich beeile mich, den Fernseher einzuschalten. Theo steht vor seinem Hotel im Blitzlichtgewitter.

"Ich weiß, mein Ruf ist nicht der beste", sagt er. Sein Haar ist zerzaust und sein Hemd zerknittert, das kräftige Weiß hebt sich von seiner gebräunten Haut ab. Er sieht schneidig aus. "Zu lange habe ich meine Verantwortung vor mir herge-schoben. Ich habe viel wiedergutzumachen. Aber vor ein paar Tagen habe ich jemanden getroffen." Er hält inne, ein entferntes Lächeln zeigt sich auf seinem Gesicht. "Sie zeigte mir, dass ich mehr bin als mein Ruf. Sie forderte mich heraus, mehr zu sein. Wenn sie jetzt zuhört, möchte ich ihr ein Versprechen geben. Ich werde mich bessern. Vesper, wenn du zu mir zurückkommst, mache ich es wieder gut."

"Oh fuck", sage ich, als Theo nickt und geht, die Presse schreit immer noch nach mehr.

"Oh fuck!", quiekt Mina. "Ist das nicht der romantischste Scheiß, den du je gesehen hast? Vielleicht werde ich doch keine Investorengruppe gründen, um die Aktien seiner Firma zu verkaufen und sie in eine Todesspirale zu schicken."

Sie plaudert über ihre Rachepläne, die, wie ich sie kenne, kaum legal sind.

"Mina!", unterbreche ich sie schließlich.

"Was?"

"Wo ist er?"

"Woher soll ich das wissen?"

"Mina."

"Ha, du hast recht. Ich habe sein Telefon gehackt, sobald ich wusste, dass du scharf auf ihn bist. Weißt du, dass er ein paar SMS von Pepper Spice bekommen hat? Er hat ihre Nummer blockiert."

"Mina, wo ist er?"

"Eine Sekunde." Eine lange Pause entsteht, und ich reibe mir die Stirn. Nicht einmal Wodka und Valium können diese Kopfschmerzen lindern. "Er ist noch im Hotel."

"Bist du sicher?" Die Uhr zeigt fast zehn. "Er sollte schon auf dem Weg zu seinem Interview sein."

"Nun, ich kann dir nur sagen, wo sein Telefon ist …"

"Vesper?", erklingt eine dumpfe Stimme, gefolgt von einem Klopfen an der Tür.

"Ich muss gehen", sage ich zu Mina, bevor ich losrenne, um die Tür zu öffnen. Theo stürmt herein. Sein großer Körper drängt mich zurück.

"Theo, was machst du hier? Du verpasst dein Interview."

"Scheiß auf das Interview", er zieht mich in seine Arme. "Ich will nicht mit diesen Leuten reden. Ich will mit dir zusammen sein. Du bist die Einzige, die mich sieht."

Sein Mund erobert meinen und lässt mich in einem elektrisierenden Kuss erstrahlen.

Ich unterbreche ihn, auch wenn es körperlich weh tut, es zu tun.

"Du darfst nicht hier sein", sage ich zu seiner Kehle. "Du darfst dich nicht mit mir sehen lassen."

"Weil du ein Escort warst?"

"Ja -"

"Das ist mir egal." Er küsst mich wieder, trennt sich nur, um zu murmeln. "Das alles ist mir egal."

Ich sollte protestieren, aber sein Verlangen entflammt meines und fegt alle Gedanken beiseite. Ich klammere mich an ihn, als er mich hochhebt, seine großen Hände umschließen meinen Hintern, während wir uns dem Bett nähern.

"Ich will dich", haucht er mit einem wilden Ausdruck in seinen Augen. Ich nicke. Er zieht seine Hose herunter und holt ein Kondom aus seiner Tasche, während ich mich meiner Kleidung entledige. Sobald er es übergezogen hat, setzt er sich auf das Bett und ich rittlings auf ihm, sinke langsam auf seinen dicken Schwanz. Als er in mir steckt, übernehmen meine Hüften die Kontrolle und mein Verstand wird ausgeschaltet, während ich ihn reite. Er hält mich sanft, stützt mich, bis die Ekstase mich durchströmt, sanft wie eine abebbende Flut.

Ich keuche und rufe seinen Namen.

"Ich bin dran", knurrt er und packt meine Hüften. Ich schreie auf, als er erneut in mich eindringt. Meine Brüste wippen auf und ab, während ich auf seinem Schwanz hüpfe.

"Verdammt, Vesper, verdammt", ruft er. Seine Finger krallen sich in meinem Hintern fest. Ich klammere mich an seine Schultern und spüre, wie sich seine marmorharten Muskeln unter meinen Händen zusammenziehen und anspannen.

Sein Schwanz trifft einen Lustpunkt tief in mir, und ich zucke unkontrolliert während meiner Erlösung.

Mit einem Fluch stößt er nach oben, sein Körper spannt sich an, während er abspritzt.

Wir sinken zurück auf das Bett.

"Das war ...", keuche ich und schüttele den Kopf, unfähig zu Ende zu sprechen.

"Ja", stimmt er zu. Wir lachen beide.

"Kein Kommentar", sage ich, aber mein Humor vergeht unverzüglich.

Ich setze mich auf. "Ich sollte gehen."

"Nein." Theo greift nach mir, ich schüttele ihn ab und greife nach meiner Hose.

"Das war ein netter Fick, aber -"

"Stopp", befiehlt er, und ich gehorche. "Vesper. Das ist kein Lebewohl."

"Nein?" Ich will meine Brille anfassen, und als sie nicht da ist, schiebe ich stattdessen meine Haare zurück.

"Nein, das ist es nicht." Er schüttelt den Kopf. "Ich bin noch nicht bereit für den Abschied."

"Das warst du heute Morgen, mit Blondie."

"Wer? Oh, du meinst Nessa?"

"Ja, Nessa", zische ich. "Warum war sie mit dir im Schlafzimmer?"

Theos Brauen ziehen sich zusammen, was mich nur noch wütender macht. Er hat kein Recht, empört zu sein. Nicht über das hier. "Woher soll ich das wissen? Sie sagte, du und Evans hättet sie geschickt, um mir zu helfen, mich auf das Interview vorzubereiten."

"Oh, aber selbstverständlich haben wir das", knurre ich. "Hat sie dich auch gepoppt, bevor du mit Pepper Spice geschlafen hast?"

"Was zum Teufel?"

"Du. Bist. Ein. Weiberheld!", schreie ich. "Du bist ein

Kronprinz, der mit ungefähr der Hälfte aller Frauen auf diesem Planeten geschlafen hat. Mindestens drei davon wurden von der Kamera festgehalten. Mich eingeschlossen." Ich lasse mich auf das Bett fallen, meine Wut vergeht wie ein Sommergewitter. "Ich kann nicht glauben, dass ich so dumm war. Ich kann sie mir aussuchen." Ich verdecke mein Gesicht mit meinen Händen. Vergiss die Brille. Ich werde für den Rest meines Lebens eine Tüte über dem Kopf tragen müssen.

Theo schließt seine Hände um meine und zieht sie nach unten. "Vesper, hör auf." Er kniet sich vor mich. "Sei nicht so streng mit dir. Du hast ja recht. Ich habe dich nicht verdient. Bitte." Er küsst meine Hand. "Bitte gib mir nur eine Chance."

"Es wird nicht funktionieren. Die Presse hat recht. Ich war ein Escort, bevor ich meinen Abschluss gemacht habe. Der Privatclub, von dem ich dir erzählt habe? Da habe ich meine Kunden kennengelernt. Einer von ihnen verschaffte mir mein erstes Praktikum, aus dem ein Job wurde."

"Vesper, das ist mir egal."

"Die Welt verurteilt es. Der Vorstand der Firma deines Vaters tut es. Ich wette, deine Großmutter tut es. Du kannst nicht einfach mit mir an deinem Arm nach Schweden schreiten. So funktioniert das nicht." Meine Kehle brennt, weil ich die Tränen zurückhalten muss. "Es tut mir leid, dass ich dich angelogen habe."

"Es tut mir leid. Wenn ich nicht gewesen wäre, hätten sie es nicht ausgegraben." Er fädelt seine Finger durch meine. "Du hast mir gesagt, jeder hat Geheimnisse. Wir sind wahrscheinlich die einzigen beiden Menschen auf der Welt, die keine haben."

"So habe ich mich gebettet." Die Worte kommen hohl heraus. "Jetzt werden ich drin schlafen."

Er steht auf, streckt sich neben mir aus und zieht mich auf die Bettdecke. "Dann leg dich da rein. Mit mir."

"Was meinst du?"

"Wir müssen uns mit all dem nicht befassen. Das ist Blödsinn. Es ist mir egal, was diese Leute von mir denken. Mich interessiert, was du denkst. Und du hast recht. Ich habe genug Reichtum und eine ausreichende Plattform, ich kann etwas tun. Ich kann etwas bewirken." Er küsst wieder meine Hand. "Hilf mir dabei."

"Theo." Jetzt ist meine Kehle gänzlich zugeschnürt. "Ich hätte dich von Anfang an fragen sollen, am ersten Tag, als ich anfing, für dich zu arbeiten. Was willst du wirklich? Ich kann Theo Kensington aus dir machen. Aber wer willst du tatsächlich sein?"

Er schließt die Augen. Öffnet sie. "Ich will glücklich sein", sagt er. "Ich will frei sein."

"Mal das Bild für mich. Lass es mich sehen."

"Ich will morgens aufstehen und etwas tun, das wichtig ist. Ich will an den Wochenenden Skateboard fahren. Und zu einer schönen Frau nach Hause kommen." Er streichelt meine Wange.

"Schöne, intelligente Frau", korrigiere ich.

Er rollt sich über mich. "Schöne, intelligente Frau." Er unterstreicht jedes Wort mit einem Kuss. "Bleib bei mir, Vesper. Ich weiß nicht, was ich mit dem Vorstand und der Königin tun werde, aber das ist mir egal. Ich will dich."

Wir lenken einander für ein paar Minuten ab, bis mein Telefon klingelt. Aus Gewohnheit schaue ich danach. Theo, der Gentleman, der er ist, nimmt es für mich in die Hand. "Evans", er verzieht sein Gesicht und geht ran. "Du bist gefeuert." Er wirft das Telefon auf das Bett und klettert wieder zu mir.

"Was war das?"

"Er hat Nessa zu mir geschickt. Ich weiß es einfach. Vielleicht wollte er die Aufmerksamkeit von dir ablenken, oder was weiß ich."

Ich denke darüber nach, während er mich wieder in seine

Arme zieht. "Ich glaube, ich weiß, was wir mit dem Vorstand machen."

"Wirklich?"

"Ja. Tritt zurück."

Er starrt mich an.

"Du willst nicht im Vorstand sein? Dann sei nicht im Vorstand. Du hast immer noch eine Mehrheitsbeteiligung an der Firma. Deine Stimme hat Gewicht."

Seine Schultern sacken herunter. "Es ist das Vermächtnis meines Vaters. Ich kann ihn nicht im Stich lassen."

"Dein Vater hat sich selbst verwirklicht. Ich wette, er würde wollen, dass du dein eigener Herr bist. Außerdem hat er seine Firma nicht für dich gebaut. Er hat sie für sie gebaut. Um zu beweisen, dass er gut genug für eine Prinzessin war."

Nach einem Moment nickt Theo. "Du hast recht."

"Schick ihnen ein Rücktrittsschreiben. Verabschiede dich still und leise. Sag ihnen, dass du dich auf dein ehrenamtliches Engagement konzentrieren willst. Was ja auch stimmt. Wenn du in ein paar Jahren deine Meinung ändern solltest, kannst du eine Wiedereinstellung beantragen."

Ein langsames Lächeln breitet sich auf seinem Gesicht aus. "Wirst du alle Probleme meines Lebens für mich lösen, schlaues Mädchen?"

"Wahrscheinlich", antworte ich. "Gib mir ein paar Minuten." Wir lachen.

"Was ist mit Schweden?", fragt er.

"Was willst du wegen Schweden unternehmen?"

"Glaubst du, ich komme damit durch, eine Audienz bei einer Königin abzublasen?"

"Das würde ich nicht raten. Aber was willst du wirklich?"

"Ich möchte hingehen", sagt er nach einer Pause. "Es würde meiner Mutter sehr viel bedeuten, wenn sie noch lebte. Ich möchte Frieden mit ihrer Familie schließen. Für sie."

"Also gut." Ich schnappe mir mein Telefon und setze mich auf. "Lass uns zur Königin gehen."

* * *

IN SEINEM PRIVATFLUGZEUG lümmelt Theo neben mir und plagt sich mit den langen Ärmeln seines Hemdes. Er hat sie gerade so weit hochgekrempelt, dass die schwarzen Ränder eines Tattoos zu sehen sind. Ms. Mavery würde ihn dazu bringen, es richtig zu tragen, aber ich finde, er sieht heiß aus.

Er rutscht in seinem Sitz nach unten, die langen Beine gespreizt. Ich schnippe gegen seinen Oberschenkel.

"Au."

"Die Königin wird die Zurschaustellung deiner Männlichkeit nicht zu schätzen wissen."

"Scheiß auf die Zurschaustellung."

"Oder dein Fluchen. Oder Lümmeln."

"Schon gut, schon gut." Er setzt sich auf. "Der verdammte Henry Higgins."

"Ich kenne diese Referenz. Pass auf." Ich wedele mit einem Finger, bevor ich meinen Laptop aufklappe, um nach dem Rechten zu sehen. Mein Magen krampft sich immer noch bei dem Gedanken zusammen, soziale Medien zu checken, also gehe ich direkt zu meinen E-Mails. Da ist eine von Mina, nur mit der Nachricht: *"007 bittet um Kontaktaufnahme."*

"Kann ich mal telefonieren?" Ich gehe zu dem Sitz, in dessen Nähe das Telefon steht. Die Stewardess hilft mir beim Wählen. Mina antwortet beim ersten Klingeln.

"Ich habe mir die Freiheit genommen, einige deiner alten Freunde zu kontaktieren. Also, deine alten Kunden. Ich weiß nicht, ob du sie als Freunde bezeichnen würdest."

Mein Magen rutscht mir in die Hose. "Das hast du nicht getan!"

"Doch, und sie waren sehr daran interessiert, deinen Ruf

intakt zu halten. Sie mögen es, Dinge privat zu halten, wie du weißt."

"Das hast du nicht getan", wiederhole ich und fühle mich schwerelos und schwindlig zugleich, als würde ich ohne Flugzeug durch die Luft fliegen.

"Die Geschichte wird beinahe totgeschwiegen und von dem ganzen königlichen Prinzenzeug überschattet. Du wirst nicht wieder im Rampenlicht stehen und wenn doch, wird die Presse nur eine schöne Frau sehen, die hart gearbeitet hat, um sich das College zu finanzieren. Die Berichte, dass du ein Escort bist, sind stark übertrieben. Ich meine, kluge Leute werden es wissen, aber du wirst nicht von Leuten im nationalen Fernsehen als Hure bezeichnet. Es wird alles mit einem Augenzwinkern akzeptiert. Ja, ja. Pst, pst."

Ich klammere mich an die Kante des Sitzes und versuche, ihrem Geplapper einen Sinn zu geben.

"Alles okay?", will Theo wissen.

Ich nicke, nicht sicher, ob ich weinen oder vor Triumph jubeln soll. Meine alten Klienten anzurufen, ist ein gewagter Schritt, aber Mina hat recht. Viele von ihnen sind sehr mächtig und ihnen liegt nach wie vor etwas an mir. Ich würde mich nie an sie wenden, also hat Mina es für mich getan.

Ich möchte weinen, sie ist so eine gute Freundin.

Ich möchte sie aber auch töten.

Mina plappert immer noch weiter. "Ich bin mir nicht sicher, ob wir Sexarbeit mit einer Pressekonferenz entstigmatisieren können, also ist das das Beste, was ich tun konnte. Ehrlich, V, das sollte jetzt alles in Ordnung sein. Du fährst doch nach Amsterdam, oder?"

"Schweden."

"Nah genug. Ich meine, all diese europäischen Länder liegen so nah beieinander. Von Holland nach Schweden ist, als würde ich nach New Jersey fahren - und die haben kein

Problem mit Sexarbeit wie wir in Amerika. In Holland, meine ich, nicht in New Jersey. Nicht, dass du eine Sexarbeiterin wärst, aber wir alle wissen, was Escorts wirklich tun -"

"Mina", schaltete ich mich ein. "Danke. Was du getan hast, war genial. Nur, bitte, hör auf zu versuchen, mich aufzumuntern."

Mina prustet ins Telefon, als sie erleichtert seufzt. "Danke, verdammt. Dieser einfühlsame Scheiß ist hart."

"Ich weiß das wirklich zu schätzen."

"Lass es mich wissen, falls ich noch was tun kann. Ich bin stets bereit, deine Feinde zu vernichten."

"Das wird nicht nötig sein."

"Nun, wenn es doch so sein sollte, werde ich mich darum kümmern. Ich bin für dich da." Wir verabschieden uns, und sie legt auf.

Ich lege das Telefon beiseite, und meine Hand zittert ein wenig.

"Vesper?" Theo sieht mich besorgt an.

"Es ist erledigt", flüstere ich und räuspere mich. "Meine Vergangenheit. Mein Ruf. Wir haben so viel Schadensbegrenzung betrieben, wie wir nur konnten. Es ist erledigt."

"Möchte ich wissen, wie?"

"Nein." Ich presse meine Finger an die Lippen und wünschte, ich könnte alles für mich behalten. "Aber ich werde es dir sagen, wenn du willst."

Er rutscht von seinem Platz und setzt sich neben mich. "Das macht mir nichts aus." Er nimmt meine Hand und küsst sie. Das macht er in letzter Zeit sehr oft.

Vielleicht kann sich ein Playboy in einen Prinz Charming verwandeln.

* * *

THEO HÄLT eine Hand auf meinem Rücken, als wir den Stockholmer Palast betreten. Das massive Gebäude ist die offizielle königliche Residenz.

"Es gibt drei Stockwerke und 14.030 Zimmer", sagt unser Führer. "Geschaffen im Barockstil."

Als wir durch die vergoldeten Räume gehen, erhasche ich einen Blick auf eine Nymphenstatue, die sich unter dem grimmigen Blick vom Porträt eines wichtigen schwedischen Mannes tummelt. Kommt mir bekannt vor.

"Dieser Ort ist wunderschön", flüstere ich. "Ich kann mir nicht vorstellen, dass ich jemals wieder wegwill."

"Stockholm-Syndrom", sagt er mit völlig ernstem Gesicht.

Ich würde ihm den Ellenbogen in die Rippen stoßen, aber ich will nicht wegen Angriffs auf einen Prinzen geköpft werden. Theo und ich haben die ganze Nacht so viel wie möglich über das königliche Protokoll recherchiert. Wir sind nur durch einige Jahrhunderte gekommen, aber ich bin zuversichtlich, dass wir diese königliche Audienz ohne einen gröberen Fauxpas, wie das Auslösen eines Krieges, überstehen können.

Das hoffe ich.

Der Führer lässt uns in einem Raum mit gewölbten Decken und polierten Parkettböden zurück.

"Nervös?", flüstere ich.

Er antwortet mit einem Räuspern, das 'ja' oder 'nein' bedeuten könnte.

"Du schaffst das schon. Du siehst so gut aus." Und das tut er.

Die Türen öffnen sich. Wir drehen uns beide um, als ein Gefolge eintritt, angeführt von einer Frau mit dunklen Augen und stahlgrauen Haaren.

"Großmutter." Er verbeugt sich.

"Theodore", sagt sie in perfektem Englisch, mit leichtem britischen Akzent und bietet ihm ihre Wange an. Er küsst sie sanft. Es gibt keine Umarmung oder herzliche Begrüßung, aber das ist okay. Es ist ein Anfang.

Theo tritt zur Seite und zieht mich nach vorne. "Erlauben Sie mir, Ihnen meine Medienexpertin und die klügste Frau, die ich kenne, vorzustellen. Vesper Smith, meine Freundin."

Die Königin hebt eine Augenbraue und sieht aus wie ihr Enkel, allerdings mit einem Pokerface, das Ms. Mavery stolz machen würde.

"Sehr erfreut", knickse ich vor der Königin.

Ihre Augen verengen sich.

Das ist es. Die nächsten Worte aus ihrem Mund werden mich entweder akzeptieren oder deutlich machen, dass ich nicht willkommen bin.

Theos Hand legt sich fester um meine. *Ich werde dich nicht gehen lassen,* hat er mir gesagt. Nichts ist wichtig, solange wir zusammen sind.

"Das ist also die Frau, die mir meinen Enkel zurückgebracht hat."

"Ja, Großmutter. Ohne Vesper wäre ich nicht hier. Sie hat mich überzeugt, dass wir uns treffen und eine Beziehung zueinander aufbauen sollen. Ich würde es gerne versuchen."

"Es ist zu lange her. Viel zu lange, und es ist allein meine Schuld. Als deine Mutter ging, hörte ich auf meine Berater. Sie empfahlen mir, mich von ihr zu trennen, um den Respekt des Reiches zu bewahren. Ich tat es, und es war Balsam für meinen verletzten Stolz." Ihre Stimme wird leiser. "Was würde ich nicht dafür geben, um zurückzugehen und es anders zu machen."

"Großmutter", sagt Theo in einem sanften Ton, den er immer öfter anwendet.

"Man kann es nicht mehr ändern. Aber wir müssen es wiedergutmachen, solange wir können. Das Leben ist sehr kurz. Du siehst deiner Mutter so ähnlich." Theo nimmt die

Hand der Königin und drückt sie. Glitzern da etwa Tränen in den Augen der Monarchin?

Die Königin räuspert sich und wird wieder imposant königlich, aber Theo behält seinen sanften Ausdruck.

"Was die Beeinflussung der öffentlichen Meinung angeht, so hat deine Freundin vielleicht ein paar Ideen dazu."

"Ich bin sicher, dass sie das tut", entgegnet Theo. "Sie ist brillant."

Königin und Prinz drehen sich mit dem gleichen Lächeln zu mir um.

Ms. Mavery, wenn Sie mich jetzt sehen könnten.

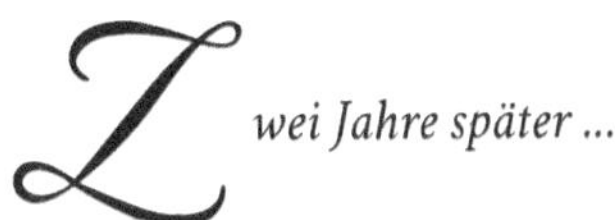

wei Jahre später ...

"WIR KOMMEN ZU SPÄT", sage ich atemlos.

"Das ist mir egal. Ich habe nie auf Zeremonien gestanden." Theo ergreift meine Hand fester.

Wir eilen an den Gemälden der feierlichen schwedischen Könige vorbei. Nach zwei Jahren regelmäßiger Besuche des Schlosses kann ich jetzt fast alle benennen.

"Hier rein." Theo zieht mich in eine Nische. Blattgold glitzert in der Tapete, aber insgesamt ist sie recht bescheiden dekoriert. Wenigstens tummeln sich hier keine Nymphen. Nicht, dass das nötig wäre. Theo hat es sich zur Lebensaufgabe gemacht, mich nach Feierabend durch jeden Flur zu jagen und sich mit mir zu vergnügen. Ich bekomme immer noch einen Schauer, wenn ich einen Original-Klimt im Goldzimmer hängen sehe. Theo hat unter dem berühmten Gemälde Dinge mit mir gemacht, die einen Pornostar erröten lassen würden.

Mein Kleid rutscht hoch. Ich wirble herum und schlage auf seine Hand ein. "Nicht jetzt. Es sind Leute da. Touristen!"

"Heute nicht. Sie haben den Ort für die Hochzeit geräumt. Ich wollte es schon immer mal hier mit dir treiben."

Er küsst mich, und ich vergesse, warum ich mich gestritten habe. Während er mich mit Lippen und Zunge ablenkt, drückt er mich mit dem Rücken gegen einen Diwan.

"Genau hier", knurrt er und reißt seine Krawatte ab. Er dreht mich um und fesselt meine Hände hinter dem Rücken. Hitze bricht zwischen meinen Beinen aus.

"Beuge dich vor." Er drückt mich nach vorne über die Sofalehne und wirft die Röcke meines Kleides hoch.

"Fuck, ist das für mich?" Er spielt mit den Riemen meines Strapsgürtels.

"Nein, es ist für Anderson Cooper."

Klatsch! Seine Hand landet auf meinem Arsch.

"Böses, böses Mädchen. Schon wieder biederst du dich bei der Presse an."

"Du weißt es besser." Ich wackle mit meinem Hintern.

Er neckt mich mit der Spitze seines Schwanzes, bis ich darum bettle.

"Du willst das?"

"Mmm, ja."

"Bist du sicher? Wirst du ein böses Mädchen sein?"

"Ich bin dein böses Mädchen. Aber wenn du mich nicht bald fickst, werden wir wirklich zu spät kommen."

Er versohlt mir noch ein paar Mal den Hintern, dann stößt er hinein.

Danach stehe ich vor einem riesigen, goldgerahmten Spiegel und fummle an meinen Haaren herum. Mit meinem goldenen Zopf und dem blauen Kleid sehe ich aus wie eine Eisprinzessin.

Wir haben um eine kleine Hochzeit gebeten. Es stellte sich heraus, dass es sich um vierhundert Leute handelte, mit ein paar Tausend weiteren, die in den Straßen darauf warteten, uns zu sehen. Ich schockierte alle, als ich mich weigerte, Weiß zu tragen, aber die Königin gab ihr Einverständnis, als Theo drohte, ohne Hemd zu erscheinen.

Wir sind kein typisches Königspaar, und das gefällt mir auch so.

Theo steht neben mir und rückt seine Krawatte zurecht. "Ich habe mir die Nachrichten angesehen, bevor ich kam", sagt er. "Du bist viel beliebter als ich."

"Vergiss das bloß nicht." Ich schlage ihm auf den Arm.

"Vorsichtig, Mrs. Kensington", sagt er.

"Du kannst mich nicht so nennen", protestiere ich. "Noch nicht. Erst musst du mich heiraten."

"Ich nenne dich, wie ich will." Er packt hart meinen Po und küsst mich.

"Sie sehen heute sehr gut aus, Prinz Theo."

"Und du siehst aus wie eine Göttin."

"Vielleicht brauchst du eine Brille."

"Vielleicht", grinst er. Wir wissen beide, dass seine Augenkorrektur vor einem Jahr problemlos verlaufen ist. "Aber ich muss nichts sehen, um zu wissen, wie schön du bist."

Ich schmelze.

Er bietet mir seinen Arm an. "Komm schon. Lass uns eine Prinzessin aus dir machen."

Ende -

Wollen Sie mehr sexy royale Liebesromane von Lee Savino? Klicken Sie hier, um einen Auszug aus Royally Fake Fiancé zu lesen

Zeitgenössische Romanzen

Die Schöne und die Holzfäller
Nach dieser Holzfällersaison gebe ich den Sex auf. Aus... Gründen.

Der Soldat, der mich verführt
Mein heißer Marine-Held will, dass ich ihn Daddy nenne ...

Ihre Daddys – zwei Rivalen
Zwei Väter sind besser als einer.

Unschuld mit Stasia Black (Eine dunkle Liebesgeschichte)
*Ich bin der König der kriminellen Unterwelt. Ich bekomme immer,
was ich will.*
Und sie ist meine Besessenheit.

***Die Gefangene des Biestes: Eine dunkle Romanze (Die Liebe des
Biestes 1)***
Vor Jahren hat mich Daphnes Vater bestohlen.

Jetzt ist es Zeit für sie, die Schuld ihrer Familie zu begleichen ... mit ihrem Körper

Paranormale Romanzen

Verkauft an die Berserker
Diese wilden Krieger schrecken vor nichts zurück, um ihre Partnerin zu erobern.

Draekons mit Lili Zander (Eine Sci-Fi Dreierbeziehung Romanze)

Draekon Gefährtin

Abgestürztes Raumschiff. Ein Gefangenen-Planet. Zwei große, hünenhafte, bronzefarbene Aliens, die sich in Drachen verwandeln. Und das Beste daran? Die Drachen bestehen darauf, dass ich ihr Kumpel bin.

Alphas Versuchung: Eine Milliardär-Werwolf-Romanze
Date niemals einen Werwolf.

9 798201 019662